逆井卓馬 Author: TAKUMA SAKAI

[イラスト] 遠坂あさぎ illustrator: ASAGI TOHSAKA

Heat the pig liver (2回目)

—ぶたのればーはかねつしろ—

the story of a man turned into a pig.

# 豚のレバーは加熱しろ

豚 [NAME]

profile

眼鏡ヒョロガリクソ童貞。
ハンドルネームはロリポーク。

ロッシ [NAME]

profile

変態犬。

[NAME] 黒豚

profile

豚がオフ会で出会った
友人オタク。
ハンドルネームはサノン。

「あの、女の人に
くそどーてーと呼ばれると、
何かいいことがあるんですか……？」
〈世の中には、女の子に罵られると
喜ぶオタクもいるもんだ〉
[NAME] セレス
profile
バップサスに住む
一三歳のイェスマ。

今日は炎の魔法を教わる
予定なのですが……
危ない魔法を使うのは初めてなので、
ちょっとドキドキです。
ジェス
[NAME]
profile
豚がガチ恋する少女。
現在は王都で過ごし
魔法を学ぶ。

闘技場には牙を剥いて
唸る獅子が三匹。
――狩人の前で、
獣は肉の塊にすぎない。
[NAME]
ノット
profile
解放軍のリーダー。
北部勢力に
拘束されている。

無自覚カンスト系
チート魔法使い、
ジェス爆誕！

「……ごめんなさい、まだ不慣れで……」

〈いや、いいんだが……魔法の威力おかしいだろ〉

「……弱すぎって意味ですか？」

〈なに異世界ものの主人公みたいなこと言ってんだ〉

……危うく焼豚になるところだった

[NAME] シュラヴィス
profile
イーヴィスの孫。
ジェスの婚約者と
なっているが……。
ヴィース [NAME]
profile
シュラヴィスの母。
ジェスの教育係を
務めている。
[NAME] イーヴィス
profile
メステリアを統べる王。
最高の魔法使いと呼ばれる。

Heat the pig liver

the story of a man turned into a pig.

# 豚のレバーは加熱しろ

# （2回目）

逆井卓馬

Author: TAKUMA SAKAI

[イラスト] 遠坂あさぎ

Illustrator: ASAGI TOHSAKA

Contents

# 目次

Heat the pig liver


断一章　大切なこと……011
第一章　好奇心もほどほどに　018
断二章　大切なひと……055
第二章　ワンチャンは絶対に逃すな　066
断三章　大切なとき……116
第三章　人生は何が起こるか分からない　126
断四章　大切なもの……212
第四章　気持ちはなるべく早く伝えろ　215
断五章　大切な……　……287
第五章　記憶喪失もので恋は実らない　288

# 断一章

# 大切なこと

the story of a man turned into a pig.

思い出せない何かがあることを、ふと思い出すことがあるのです。

彼方(かなた)の山々を見たときに。あるいは夜空を見上げたときに。

かけがえのないものがあったことを思い出して、涙が出そうになることがあるのです。

でも、何が私を苦しめているのか、自分でも分かりません。

栞(しおり)の挟まったページは、貼り付いて開かないのです。


ノックの音にお返事すると、ヴィースさんがお部屋に入ってきました。長い金色の髪が、静かなせせらぎのように波打っています。すらりと背の高い女性で、気品があり、とても美しいお方です。私が王都に来てからというもの、私の教師をしてくださっています。

今日は炎の魔法を教わる予定なのですが……危ない魔法を使うのは初めてなので、ちょっとドキドキです。

私は窓辺で机に向かって座り、基礎魔術書を開いています。窓の向こうにはどんよりとした曇り空。ずっと下には暗い森が見えます。ここは王都のほぼ最上部――王様とその身内の暮らす宮殿ですが、今はほとんどの時間を、私とヴィースさんだけで過ごしています。

男性は北部（ノザン）勢力との戦いや、その準備に奔走されているのです。

ヴィースさんは私の隣に座ると、さっそく問いかけてきます。

「さて、訊（き）いてみましょう。炎とは何ですか？」

授業はいつも、質問から始まります。

「えっと……温かくて、明るいものです」

「では、温かくて明るいものを創れば、それで炎になるでしょうか」

そう訊（き）いてくるということは、違うということです。

「……いいえ、何か、燃えるものがなければいけません。燃えるものを空気の中で加熱すると、火がつきます」

感心したように、ヴィースさんの眉が上がります。

「その通り。火を起こすには当然、燃えるものを用意しなければなりません。では、何を燃やせばいいでしょう」

「薪……でしょうか？」

「薪を創ることができるんですか？」

「いえ……」

私はまだ、簡単なものしか創り出すことができません。簡単なものといっても、水とか、空気とか……何というか、本当に、簡単なものばかりです。

「では、何なら創れるのか、考えてみましょうか」

「まだ創ったことはありませんが、油なら、できるかもしれません」

「水の創り方を習得したからですか？」

答えの理由を確認してくるということは、答えが間違っていたということでしょう。甘い考えだと一蹴される覚悟をしながら、素直に頷きます。

「ええ……そうです。油なら、水に似ていると思ったので……」

「そう考えるのは安直ですよ。油はとても、複雑な構造をしているんです。複雑なものを創るには、それだけの知識と、そのものに触れた経験と、豊かな想像力が必要になります。でも方針は正しいでしょう。今日はまず、燃えるものの創造から始めます」

ヴィースさんの細い指が机の上で円を描くと、その場所に質素なガラスの器が現れます。その手がゆっくり上がっていくと、同時に、器の底から透明な液体が湧いてきました。

「さあ。ちょっと、嗅いでみてください」

言われるまま、グラスに鼻を近づけてみます。途端に甘く鋭い刺激が鼻腔を満たして、噎せ返ってしまいました。

「これは……何ですか？」

ヴィースさんはいたずらっぽく微笑(ほほえ)んで、人差し指を立てます。

「当ててみてください。これが入ったものを、飲んだことがあるはずですよ」

「これが、ですか……？」

全く心当たりがありません。こんな危ないものを、飲むことができるのでしょうか？

悩んでいると、ヴィースさんが口を開きます。

「お酒ですよ」

「えっと……そうなんですね」

「どうかしましたか？」

「いえ、お酒を飲んだことはないと思ったものですから……」

私の返答に、ヴィースさんはわずかに首を動かしました。少し動揺されたように見えます。

しかし、魔法使いの方は心を通わせないことに精通していて、何を考えているのか、私にも推し量ることしかできません。

でも、と思います。

もしかすると、私はお酒を飲んだことがあるのではないでしょうか？

飲んだことはあるけれども、それを忘れてしまっているだけなのではないでしょうか？

そう考えるのには、理由があります。

このメステリアの王であるイーヴィス様が、私の記憶を封印したのです。だから私は、小間使いとしてお仕えしていたキルトリン家を出てから、この王都に入るまでのことを、全く思い出すことができません。記憶を封印したのにはきちんとした「わけ」があるそうですが、何を思い出せないのかは、やっぱり気になってしまいます。もしかすると、思い出さない方がいいようなつらいことが、私の身に起こったのかもしれませんが……。

ヴィースさんは私の思案を感じ取ったのか、咳払いをします。

「とにかく、これがお酒をお酒たらしめている『酒気』というものです。そしてこの液体は、よく蒸発し、よく燃えます」

ヴィースさんがきれいな指を向けると、器の上で、橙色の炎が揺れ始めました。

「今日は、ここまでできれば上々です。もし余裕があれば、創るものを変えてみましょう。すると、燃え方も変わってくるはずです」

「燃え方、ですか」

「そうです。酒気の素は、魔術書にある通り、〝水の部分〟と〝油の部分〟に分けることができます。油の部分を減らすと、より水に近い物質になって、暗い青色の炎が燃えるようになりますし、一方で油の部分を増やせば、より激しく燃える炎をつくることもできるんですよ」

聞いているだけで、試したくてウズウズしてきます。

だって、炎ですよ！

ヴィースさんは私に笑いかけます。

「ではジェス、ここで本を一通り読んで、実験室に移動しましょう」

はやる気持ちを抑えて、私は本に目を走らせ始めました。

実験室に籠ったまま、油を創造する術の研究をしていたときです。外の廊下からバタンと大きな音が聞こえてきました。誰かが近くで、扉を閉めたようです。

壁の時計を見ます。もう二の刻、日にちを超えて、夜も更けていました。こんな夜遅くに、どなたがいらっしゃったのでしょう。

暗い廊下に出ると、すぐ近くで、石壁にもたれかかっている人の姿が見えました。怪我をされているのか、もしくはかなりお具合が悪い様子です。駆け寄って、驚きました。

「イーヴィス様！」

白髪と白髭は土で汚れ、蒼白なお顔が際立っています。メステリアの王様は、泥だらけになった黒いローブを身に纏い、震える手足でかろうじて身体を支えているように見えました。賢者の光を宿した灰色の双眸が、立ち尽くす私に向けられます。

「どうしたのだジェス。顔が煤だらけではないか」

普段より老いを感じさせる、嗄れ声でした。

「ご、ごめんなさい、実験をしていて……」

そんなことを言ってから、心配する方向が逆であることに思い至ります。

「イーヴィス様こそ、どうなさったのですか」

体勢を整えるイーヴィス様。その右手は、不自然に黒く染まっていました。奇妙な網目模様が、肌を覆っているのです。

「しくじってしまったようだ。呪いを受けた」

「呪い？　いったい誰に……」

メステリアで呪いを行使できる者、つまり魔法使いは、王族しかいないはずです。

「分からぬ。だが事態は深刻だ。我々に明確な殺意を抱いた魔法使いが、どこかで活動を始めたのだからな。我々の与り知らぬ魔法使い――闇躍の術師が」

# 第一章　好奇心もほどほどに

the story of
a man turned into
a pig.

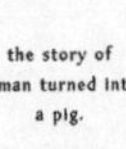

オタクのオフ会を文字に起こすことほど不毛な作業もないと思うので、これまでの経緯を簡潔にまとめることとする。

剣と魔法の国メステリアで豚になり、天使のような金髪美少女ジェスと一緒に王都を目指すブヒブヒ大冒険を終えた俺は、名残を惜しみながらもジェスと別れて現代日本へ帰還。

帰ってきた俺は普通のオタクに戻り、メステリアのことも、ジェスのことも、夢だったのではないかとさえ思い始めた。

だが、あれは決して夢などではなかった。

同様にメステリアへ転移し豚になった経験があるという、三人の眼鏡オタクと出会ったのだ。

オタクの悪い癖で、俺たちは本名ではなく、ハンドルネームで呼び合っている。

諸君にも、一応紹介しておこう。

一人が機械系エンジニアのサノン。三〇すぎの髭(ひげ)の男で、小さな女の子が登場するアニメを特に好む、人のいい変態オタクだ。

もう一人が、名門私立男子高校に通うケント。本来のハンドルネームは†終焉(しゅうえん)に舞う暗黒の騎士†keNtoだが、これについては深くは触れないでおこう。ハンドルネームからも漂う独特の雰囲気を纏っていることを除けば、ごく普通の真面目なオタクだ。

そして最後が、女子医大生のひろぽん。このヤバそうな名前についてもここでは触れないでおくが、ソシャゲ好きでよく笑う、姫っぽいオタクだ。

ちなみに俺のハンドルネームはロリポーク。誤解を招くといけないので、この名前についてはここできちんと説明しておこうと思う。俺は幼女でも豚肉でもなく、しがない理系大学生だ。メステリアでのブヒブヒ大冒険をもとにしたちょっとえっちな異世界イチャラブファンタジー小説をネットで公開したことがきっかけで、俺はTwitterのアカウント名を「ヒョロガリポーク」へと変更したのだが、それがいつのまにか縮まって、「ロリポーク」と呼ばれるようになってしまったのだ。今ではそれも縮まって、「ロリポ」という謎の略称が浸透しつつある。

それで、例のちょっとえっちな異世界イチャラブファンタジーだが、メステリアのことが確からしいと分かった今、王朝の秘密を守るという意味でも、ネット上では非公開にしてある。最後の供養という意味で、とある新人賞に応募してみたが、あまりにおかしなタイトルなので、受賞することはまずないだろう。

話が逸れてしまった。

メステリアでの経験を忘れられないサノンが驚異的な検索能力とパフェの力で同類を呼び集め、こうして四人の眼鏡オタクが揃ったわけだ。俺たちは何度かのミーティングを経て、メステリアへの再転移計画を立案。

今日はその、再転移計画の実行日である。

……どうやって再転移するかって？　まあ諸君、慌てるな。

眼鏡オタクが知識と頭脳を集結させ、メステリアへの転移の原則を推定し、それを利用した計画を立てたのだ。

そもそもオタクの転移は、俺をきっかけにして起こるようになったと考えられる。俺の意識がメステリアへ飛んだときに、何らかの「魔法の跡」が残ったらしい。それ以降、俺が腹痛に倒れた駅周辺でガリ勉気質の眼鏡のオタクが意識を失うと、その意識がメステリアの豚に憑依する、という珍事が起こるようになった。その結果が、ひろぽん、サノン、ケントの転移である。三人は豚の死によって、現代日本へと帰ってきた。

まあ要するに。俺たちがその駅の周辺でまた気を失えば、意識がメステリアへ転移するかもしれないということだ！

段取りはこうだ。

ひろぽんの父親は、実は件の駅のすぐ近くに建つ大きな病院をもっている。俺たちはみな、前回の転移の際、その病院へ運び込まれて入院していたのだ。それを利用する。

今回は方法を選ばない。ひろぽんが父親を脅して、自分と同様に意識を失ってから異常に長い間そのままとなってしまった患者たちに対して再検査を行わせる。その名目で、ひろぽんを除く三人はベッドを与えられる。そこでひろぽんが、サノンが怪しいルートで調達したガチもんのスタンガンを使って、確実に俺たちを気絶させる。無事メステリアへ転移して、俺たちの目が覚めない場合は、ひろぽんのパッパが責任をもって俺たちの面倒を見る。そういう算段だ。

ちなみにひろぽんは、俺が食あたりを起こしたすぐ後にメステリアへ転移したらしいのだが、そこであまりいい思い出がなかったのと、難病で先行きの見えない妹から離れたくないとの理由で、今回の再転移には参加しないことになった。だが、あまりに無茶な計画に賛同してくれて、計画の要となってくれた。キーパーソンである。

「ロリポさん、準備はいいですか」

ゴム手袋をはめていかついスタンガンを持ったひろぽんが、ベッドで横になる俺を見下ろしている。ショートボブに赤いフレームの眼鏡、優しそうな顔。これからの行為にはあまりにも似合わない。

「頼んだ」

俺はぎゅっと目を閉じて、枕に側頭部を押し付け、ただ一つのことを考える。

――ジェス。

会えるだろうか。

俺より後にメステリアへ転移した三人は、誰一人としてジェスを見ていないし、消息も聞いていないという。それもそうだろう。ジェスは閉ざされた王都にいるのだ。王の血族として、幸せな人生をリスタートしているはずなのだ。

瞼に影が落ち、視界がさらに暗くなる。首の後ろに何かが当たるのを感じる。

ジェス。

会っていいのだろうか。

俺みたいな眼鏡ヒョロガリクソ童貞が、あんなに素晴らしい少女の人生に、また踏み込んでもいいのだろうか……。


「ダメです……」

メステリアの言葉を話す、少女の声が聞こえてきた。

目を覚ます。痛みは一瞬だった。ここはどこだと思いながら、周囲を見回す。

薄暗い空間。頬には泥の感触。息を吸うと、豚小屋ブレンドの香りが嗅上皮を撫でていく。

これはつまり……

「いけないです、そんなに舐めたら、私、ベトベトに……」

干し草の山の向こうで発せられている声を聞きながら、俺は立ち上がる。足元を見ると、二つに割れたピンク色の蹄が目に入る。懐かしい感覚。

このような表現が成立するのは奇妙なことだが、俺は無事、豚になっていた。三ヶ月ぶり。

再びメステリアで、豚になることに成功したのだ。色覚も体の感覚も、ジェスに治してもらった後のようにばっちり順応できている。ジェスの魔法が、きちんと継続している。

声のする方に向かって四足でテコテコ歩いていくと、まず、大きな黒豚が見えた。焦げ茶色のワンピースを着た線の細い少女が干し草の上に座り込んでいて、その頬を黒豚が犬のように舐めている。

「あっ……くすぐ……首はちょっと……ひゃっ……」

「ンゴンゴ……」

豚と少女のじゃれ合う声が、豚小屋に響いている。

えーっと？　どういう状況？　俺は何を見せられているんだ？

黒豚の餌食になっていた少女が、ハッとこちらを見る。短く切った金髪。細い首。小さな顔に、大きな目。右目の端には泣きぼくろ。そして首で鈍く光る銀の首輪。

「ンゴッ」

喋ろうとすると、オタクのような音が出てしまう。そうだった、忘れていた。

〈……セレス、だよな〉

俺はセリフであることを示すために脳内で括弧を打ち、無言で伝えた。相手はジェスと同じイェスマ――口や耳に頼らず心を通わせることができる「種族」の少女だ。旅で立ち寄った最初の村で、旅籠を営むおばちゃんに仕えていた。

豚の唾液で頬を濡らしたセレス——気弱な印象のある少女は、ちょっと驚いた様子でいる。黒豚は途端にしゅんとして大人しくなった。

セレスがようやく口を開く。

「えっと……あなたは、あのときの……」

〈そうだ〉

「い、い、い、い、くそどーてーさん、ですね」

………。

まあ間違ってはいないので、許してやることにしよう。

〈その通り。ジェスと一緒にいた眼鏡ヒョロガリクソ童貞だ。久しぶりだな〉

こちらの様子を窺っていた黒豚が、セレスの方へ首を向けた。セレスは黒豚に頷く。

「です。あちらの豚さんも……。ええ、みたいです」

黒豚が口を半開きにして、明らかに「まずった」という感じの表情になった。なるほど。

〈セレス、挨拶もそこそこに申し訳ないんだが、会話を中継してくれないか。その黒豚と話がしたい〉

イエスマは、ルーターのように心の声を中継することもできる。だから、「ンゴ」しか言えない豚になってしまった者同士でも、イエスマがいれば意思疎通が可能ということだ。

「えっと……分かりましたです」

セレスは俺に向かって頷いた。俺は動かなくなった黒豚をまっすぐに見て、端的に問う。

〈サノンさんは、どうして一三歳の女の子を無心に舐めてるんです？〉

………。

黒豚は答えない。

――ち、違うブヒィ……

〈サノンさんでしょ。豚のフリをしていても分かりますって〉

脳内でおっさんの声がした。有罪確定だ。

〈違わないブヒィ〉

――いえ、その、誤解なんですよ。事故だったんです
黒豚が挙動不審な動きをしながら訴えかけてくる。

〈何が事故か説明してもらえます？〉

――わざとじゃないんです。ちょっとうっかり舌が当たってしまっただけで、別に無心に舐めていたわけでは……

ちょっとうっかり少女の顔をベットベトに舐めてしまうことが、はたしてあるだろうか？

〈どう見ても、うっかりのレベルではないでしょ〉

セレスを見る。豚の唾液で、細やかな短髪が顔に張り付いている。セレスは困り顔で、えへ、と笑った。

――アレですよ。ねぇ、ほら、つい豚の習性で……

どこかで聞いたような言い訳に、俺は呆れて反論をやめた。

〈言いたいことは色々ありますけど……どうやら俺たちは無事に、メステリアへ来られたみたいですね〉

俺が伝えると、黒豚の耳がピクピク動く。

――そうですねぇ……いやてっきりロリポさんは、ジェスたそのところへ行ったものだと……

しどろもどろになる黒豚――サノン。

このクソロリコンは以前、セレスのもとへ転移したという。今回転移した先にもセレスがいたのだから、前回ジェスのもとへ転移した俺はジェスのところに行く、と考えるのが妥当だろう。なぜか俺までセレスのところに来ているこの事態は、想定外だったのだ。

それはもちろん、俺にとっても想定外だった。

俺は、ジェスのもとへ転移しなかった。ジェスにはまだ、会えないのだ……。

まあ、仕方のないことだろう。再びこちらへやってきたのは、別にジェスたそを無心に舐めるためではない。当然、セレスたそを舐めるためでもない。俺は、このメステリアでやり残したことがあるから、戻ってきたのだ。

日本でやったオフ会でパフェを食いつつサノンたちから聞いた話では、俺が去ってからメステリアの情勢は様変わりし、この地はかつてない混乱に陥っているという。そしてその中で、残酷な運命を課されたイェスマたちを救おうと立ち上がった、一人の英雄がいる。

他でもない、イケメン狩人のノットだ。

俺たちは、そのノットを手伝い、イェスマの少女たちを救うためにやってきた。

だから別に俺は、ジェスとイチャラブファンタジーをするために戻ってきたわけではない。本当だ。諸君は信じてくれるよな？　涙ながらに生き別れた金髪美少女と再びイチャラブしたいなどと、誰が願うだろう？　ガチ恋オタクじゃあるまいし。もし会えたらラッキー、その程度の認識だ。まあ、運が良ければ、この国のどこかで、また会うこともあるだろう。

視線を感じて振り返ると、セレスが俺をじっと見ているのが分かった。薄暗い豚小屋の空気は、息苦しく淀んでいる。

ジェスと再会するまでの道のりがどれだけ曲折しているか、このときの俺はまだ知らない。

他の豚を一匹一匹確認したが、一緒に転移したはずのケントはどこにも見当たらなかった。どこへ行ってしまったのか心配だが、俺たちはまず、自分の心配をしなくてはならない。顔馴染みのセレスに拾ってもらえたのはいいが、俺たち豚が目を覚ましたのは、俺がセレスと初めて会った村、バップサス。南部の森の中にひっそりと佇む穏やかな村で、メステリアの表舞台からは程遠い場所にある。ここにはジェスはおろか、今はノットもいない。

セレスの力を借りて、まずはノットとの合流を目指す。それが俺たちのやるべきことだ。

……いや、それよりも先にやらなければいけないことがあった。俺たち豚二匹は、泥塗れだ。美少女とスキンシップをとるうえでの最低限のマナーとして、豚とはいえ、身体はできるだけ清潔にしておかなければならない。

そこで俺たちは、セレスに連れられ小川へ行き、水浴びをすることにした。メステリアの季節は秋。草は枯れて黄金色になり、昼下がりの陽光を受けてキラキラと輝いている。

ジェスと俺が王都へ辿り着いたのは、三ヶ月前、緑が青々と茂る夏の頃だった。

あの日、王都を囲む針の森で俺たちと別れたノットは無事、仇敵の大男を斃したという。

「でもノットさんは、すぐには戻って来なかったんです」

セレスは足だけ川に入り、手で水をすくって首筋を丁寧に洗いながら言う。

「こちらへ帰る旅の途中、刺客さんたちに襲われてしまったそうで……」

俺たちは、水浴びをしながら、メステリアの現状について話していた。

〈ノットが殺した大男――あいつは闇社会の重要人物だったらしいな〉

「です。王朝からも目を付けられていた闇社会の元締めで、『八つ裂きのエン』と呼ばれる、とっても影響力の大きい人だったそうです。だからノットさんは、闇社会の方々から追われる羽目になってしまいました」

詳しいんだな、と思う。

黒豚のサノンがバッシャバッシャ水を浴びながら、俺たちに伝えてくる。

——ならず者たちの執拗な追跡をかわしながら、ノッくんは逃亡を続けました。でも、ただ逃げたわけではありません。逃亡の旅の間に、イェスマ狩りを憎む仲間を集めて、ときには追手と戦って……死闘を幾度となく乗り越え、ひと月もしないうちに、誰もが名前を知る英雄となりました

ノット対暗殺者という戦いは、周囲を巻き込み、急速にエスカレートしていったのだ。日本に帰った俺がオタ活をしている裏で、あのイケメンはとんでもない偉業を成し遂げていた。どうして差がついたのか。慢心、環境の違い……。

〈ノットが「解放軍」ってのを結成したのは、それからだな〉

俺が訊くと、セレスはコクリと頷く。

「争いが拮抗して、状況がいったん落ち着いたとき、ノットさんはようやくこの辺りに戻ってきたんです。でもその間にも、闇社会の盛り上がりはどんどん過激になっていって……それに対抗してノットさんが旗揚げしたのが、解放軍です」

少年のたった一刺しが、国を巻き込んだ大きな争いにまで発展することもある。

ノットを殺さんと集結した闇社会の盛り上がりがあってか、ならず者たちの温床となっていた北部地域で、アロガンという宝石商人が「新王」を名乗り、王朝の支配からの独立を宣言したのだ。北部地域は今や、闇社会のならず者たちからなる「北部勢力」の支配下にある。

ノットはノットで、仲間たちの盛り上がりや民衆の支持を受けて、イェスマのために戦う「解放軍」を結成。その結果、メステリアでは「王朝」、「北部勢力」、「解放軍」という三つの勢力が睨み合う、三つ巴の状態になっているというわけだ。

〈そこへ、サノンさんがやってきた〉

黒豚がこちらを向いた。

——えぇ。過労で倒れて、目が覚めたら天使のようなロ——女の子のところで豚になっていたんです。それがセレたんとの出会いでした。ねぇ？

黒豚が擦り寄ると、セレスははにかみながら黒豚を撫でた。黒豚の尻尾が歓喜に踊りだす。

「です。サノンさんは私のわがままを聞いてくださって、ノットさんの——いえ、解放軍のもとへ、一緒に行ってくださったんです。それからしばらく、私たちは解放軍の一員として行動してました」

そのときの話はサノンからよく聞いている。サノンは灰色の脳細胞をフルに使って、解放軍の参謀としてノットを支えたのだ——もちろん、セレスに対する異常なほどの愛情表現を見るに、頭脳で活躍するだけでなく、年齢が半分もない少女との異世界ライフを満喫していたことは間違いなさそうだが……。

しかしサノンの活躍は、一ヶ月もしないうちに終わる。

〈そんななか、岩地の戦いがあったんだな〉

セレスは暗い顔で項垂れる。

「です。解放軍は北部勢力との戦いに負けて、みなさん、散り散りになってしまったんです」

その目は、ゆっくりと黒豚の方を向いた。

「てっきり私は、サノンさんも岩地の戦いで亡くなったと思っていたのですが……」

──確かに豚は死んでしまったけど、私の意識だけは、こうしてメステリアへ戻ってくることができたんだ。何度この身体が死のうとも、私の魂は永遠にセレたんを追い続けるから大丈夫だよ！

黒豚が身体をブルブルと振って水を飛ばした。なんだか大丈夫ではなさそうだ。

まあいい。話を戻そう。

〈なあセレス、その岩地の戦いで、ノットが捕らわれたんだよな〉

訊くと、セレスはゆっくりと頷いた。

「です。ノットさんは今、北部勢力の捕虜になっていて……闘技場で剣闘士をさせられていると、そう聞いています」

終焉に舞う暗黒の──もとい、ケントの説明通りだった。

ケントはサノンが帰還した後、北部王城の近くでヌリスというイェスマの飼う豚の体に宿ったらしい。ノットが見世物の奴隷として命を弄ばれているなか、終焉に舞う暗黒の騎士はヌリスの北部王城への徴収に抗って殺され、日本へ帰還した。

そしてサノンや俺に出会い、北部の状況を教えてくれたというわけだ。今は行方不明だが、俺たちと一緒に転移を試みて、もしかすると、このメステリアのどこかにいるかもしれない。

水浴びを終えて、泥だらけだった俺たちはきれいになって川から上がり、ほのかに甘い森の香りを含んだ秋風で身体を乾かす。

セレスは河原の石にちょこんと腰かけ、北の空を見て瞳を風に潤ませていた。社畜業から解放された喜びからか無邪気に蝶を追いかける黒豚を横目に、俺はセレスに近づく。

〈セレス……悪かったな。俺がノットを連れて行ったばっかりに、こんなことになって……〉

俺の謝罪に対して、セレスは諦めたようにゆるゆると首を振る。

「豚さんのせいではないです。ノットさんはずっと、こうしてメステリアを変えることばかり夢見ていたお方ですから。遅かれ早かれ、旅立っていく運命だったんです」

セレスは慎重に俺を見る。

「あの……」

〈どうした?〉

「ジェスさんは、お元気なのでしょうか?」

〈ああ、ノットのおかげで、俺たちは無事王都へ辿り着いた。ジェスはそこで、幸せにやってるはずだ〉

なぜだか、あまり多くを語る気にはならない。べ、別に、ジェスと会えなくてショックだったとか、そういうわけじゃないのだが。

「あ……ごめんなさい！　あの、お話ししたくないことは、お話ししなくて大丈夫です」

地の文を読まれてしまった！　そういえば、ここはそういう世界だったな。

〈別に気を遣わなくていいからな。……そうだ、王都へ入るコツはつかんだから、セレスが一六になったら、俺が向都を手伝ってやるよ〉

「王都へ……そうですね、くそどーてーさんが一緒なら、心強いです」

その呼び方、定着しちゃったのか……？　などと思っていると、黒豚が急に近づいてきて、すごい勢いでフゴッと鼻を鳴らした。

——いや、セレたんは私やノッくんと一緒に暮らす予定ですが？？？

〈そうっすか……まあ、ならいいんですけど……〉

色々と若干アレなサノンだが、きちんとした哲学をもった優しいおっさんだし、頭はめちゃくちゃ切れる。そう言うなら、セレスのことは任せておけばいいのかもしれない。

だって俺には、他に——

——私たちがこれからやるべきことは、ただ一つです。ロリポさんも分かっているでしょう

サノンの声が脳内で響き、ハッとする。心の迷いに気付かれてしまっただろうか。

強く頷いて、邪念を振り払う。

俺が前回ジェスのもとへ転移したのに十分な理由があったのと同じように、今回俺がジェス

ではなくセレスのところへ転移したのには、きっと理由がある。今一番助けを必要としているのは、ジェスではない。北部で剣闘士となり命を弄ばれているノットだ。想い人をクソ豚に引き抜かれ、結果として離れ離れとなってしまったセレスだ。

〈もちろん。セレスと一緒に、ノットを助け出しに行きましょう〉

＊＊＊

瞼をもち上げると、真昼の陽光が目を焼いた。

砂敷きのステージはあまりに広い。斜面となった石造りの客席には、数千を数える残酷な観衆が腰を下ろしている。突き抜けるような青空。正面には――よかった、今日は人間ではない。牙を剝いて唸る獅子が三匹、鎖に繫がれて待っていた。

きれいに片付けられてはいるが、ここでは毎日死者が出る。木張りのステージの上の乾いた砂は、終わった後に敷き換えられたもの。捨てられた砂には、たっぷりと血が染み込んでいる。

乾いた広場で、俺は獅子たちと対面する。低い鐘の音が鳴り響き、鎖の外される音が聞こえた。闘技場は割れんばかりの叫び声に包まれる。これは怒号なのか、それとも歓声なのか。

左手は動かない。右手で双剣の片割れを握り、俺は迎撃の態勢に入った。

狩人の前で、獣は肉の塊にすぎない。

「やっぱすげえや！　カッコよかったぜ師匠！」

金メッキされた檻の向こうから笑いかけるのは、一四歳の陽気な少年だ。名前はバット。いつ死ぬかも分からない囚人を相手に、ウキウキしたように〝餌〟を差し入れてくる。今日は殻だらけの雑穀の塊だ。俺はそれを無言で摑み取り、齧り付く。一日ぶりの食事だった。

「踏みつけられたときは、さすがにおしまいかと思ったんだ。でも！　脇に抱えた剣が、獅子の足に刺さってるなんて！　相手の動きを読んでたってことだろ？　さすがに気持ち悪かったぜ、あれは」

よく喋る、仔犬みたいな奴だ。闘技場の地下で囚人たちに餌を与えるのが、こいつの仕事だという。俺のことが気に入ったらしく、よく話しかけてくる。話し相手は他にいないので、俺としても迷惑ではない。雑穀を飲み込むと、殻の棘が喉を引っ掻いた。

「狩人の腕は、獣の動きをどれくらい先まで見通せるかにかかっている。そのためには、できるだけ多くの種類の獣を相手に、たくさんの場数を踏むことが大切だ。一人前になりたいなら、それくらい憶えておけよ」

バットの目が輝く。

「なるほどなあ、やっぱ師匠はすげえや」

変わり映えのしない返答。俺のアドバイスがどれだけ理解されているのか、怪しいところだ。セレスとはほぼ同年齢らしいが、この年頃では、やはり女の方が思慮深いように思う。

「さっさと仕事に戻れ。この檻の周りでウダウダしていると、あらぬ疑いをかけられるぞ」

「おう！　また明日な、師匠！」

バットはニカッと笑って、ウサギのように跳ねながら闇へと消えていく。真っ暗な孤独の中に、俺は再び戻された。

闘技場の地下。俺と同じような奴隷たちが、死ぬまでここに監禁される。太陽の光は差し込まず、冷たく湿った地面をネズミが行き交う。灯りは通路のランタンだけ。時間を知らせるのは、奴隷をステージへ連行する刑務官の気配と、上から響いてくる観衆の騒ぎくらいだ。木と石と土と鉄が彩る、暗く陰湿な空間。ただ俺の檻だけは、皮肉な金色に飾られている。なぜか俺は、特別扱いされているようだ。

バットは消えたし、餌も食べ終わった。することもなく、瞼が落ちてくる。

「起きろ」

床に転がってウトウトしていたところ、低い女の声がした。腕に食い込んだ小石を落としながら、闇に目を凝らして檻の外を見る。

長い金髪の少女だ。一五、六だろうか。薄汚れたボロ布に身を包み、細い手足と、そばかすだらけの頬に、感情のない眼をしている。銀の首輪。イェスマだ。

「……何の用だ？」

「お前を連行するよう、命じられている」

「誰にだ」

「新王に」

「王？」

「そうだ」

「お前は誰だ？　なぜアロガンが俺を呼ぶ」

「名はヌリス。この闘技場で働くイェスマの一人だ。たまたま使役されただけだから、新王の意図は知らない」

冷たい口調で、無感情に淡々と話す。どうやら嘘ではないらしい。

ヌリスは錆びた重そうな鎖の桎梏に黄色のリスタを嵌め込み、檻の隙間からこちらに落とした。桎梏はスルスルと床を這い、座り込んだ俺の手足を的確に束縛する。

「城まで案内する」

桎梏とつながった鍵で檻の錠を開け、ヌリスは言った。

鎖を引きずったまま暗い道を歩いて、そのまま馬車に乗せられる。北部の街は、人通りが少なく、どこか陰鬱だ。鉄格子の窓から見える家々は、柔らかな色だっただろう漆喰が剝げて、土色の壁がむき出しとなっている。ヌリスは俺の向かいで、そのそばかす面を無表情のまま窓に向け、何も言わずに外の景色を眺めていた。楽しい仕事ではないだろう。

やがて北部の王城が見えてくる。地蜘蛛城。はげ山の高台にある強固な石造りの城で、木と粘土で増築されたと見える歪んだ塔が、無秩序に並んでいる。馬車ははげ山を登ると、真っ黒な門をくぐり、城の中に入った。馬車から下ろされた俺は、ヌリスに導かれ、回廊を歩き、巨大な鉄の扉の前で立ち止まる。

「私の仕事はここまで」

ヌリスは形式的に言って、脇に避けた。

扉が開く。顔面を覆う革のマスクをした刑務官が二人、俺を中へと連行した。

「顔を上げろ」

掠れた声が聞こえ、そちらに目を向ける。

石の玉座に、病的に痩せた男が座っていた。灰色の乾いた肌、落ち窪んで見えない目、こめかみに食い込むような銀の王冠。ミイラに無理やり礼装をさせたような見た目だ。

「お前は苦しみの中で死ぬはずだった。だが思ったよりしぶといな。まだ生きている」

「悪いかよ」

「悪いものか。死の前の苦しみが長引くだけだ」

引き攣るような、咳き込むような、不快な笑いが新王アロガンの肩を揺らす。

「しかしまあ、このままでということもなかろう。お前がここに来てから、ちょうどひと月が経ったった。お前に闘技場の英雄となってほしいわけではない」

「何が望みだ」

俺が言うと、アロガンは手にした長杖で横を示す。

扉が開かれ、隣の部屋が見えている。そこには突起だらけの、奇妙にのけ反った椅子が置かれていた。拷問椅子。拘束具によって人間を固定し、物理的な形状とリスタの魔力で、対象を傷つけずに苦痛を与え続ける代物だ。

刑務官の手の中で、自分の腕が発作的に引き攣るのが分かった。

拷問椅子の隣には、背が高く、灰色のローブを着て、フードを目深に被った老人が立っていた。全体が影のような印象だ。金色に輝く一対の瞳が、暗い影の中からこちらを射抜く。

隣室に運び込まれ、拷問椅子に縛り付けられた俺は、影の老人に顔を覗き込まれた。俺から見えたのは、その高い鼻と金色の瞳だけだ。

低く恐ろしい声が、フードの中から聞こえてくる。

「さて、解放軍の長ノットよ。お前はどこまでの痛みに耐えられる?」

＊＊＊

――いやしかし、なんだか羨ましいですねぇ探し物があるから手伝ってほしいです、というセレスの依頼に応じて裏山の方へ歩いている途中、サノンが俺に伝えてきた。

〈えっと、何がでしょうか？〉

――その、「眼鏡ヒョロガリクソ童貞」というロリポさんの二つ名です

〈自称しているうちに定着してしまった大変不名誉な二つ名ですけど……いったいどこが羨ましいんでしょう？〉

――いえ、純真な女の子たちにクソ童貞と呼んでもらえることなんて、なかなか、ないじゃありませんか

オタクたちのしょうもない会話を中継してくれていたセレスが、ふと首を傾げる。

「あの、女の人にくそどーてーと呼ばれると、何かいいことがあるんですか……？」

一三歳の無邪気な少女に問われ、気まずい沈黙が流れる。

〈世の中には、女性に罵られると喜ぶオタクもいるんだ〉

俺の説明に、セレスはさらに首を傾げる。

「えっ……ののしられる……？　くそどーてーって、悪い言葉だったんですか？」

墓穴を掘ってしまったようだ。視線でサノンに助けを求める。黒豚は頼もしく頷いた。

――セレたん、別に悪い意味ではないんだけどね、悪い意味に聞こえてしまうこともあるってことだよ。この人のことをクソ童貞と呼ぶ分には、何の問題もないから安心してね

…………？　まあ、名乗っている以上、それは認めざるを得ないだろう。

ここで話が終わったかと思えば、セレスは頭の上の疑問符をもう一個増やして訊いてくる。

「ところで、女の人に罵られると、具体的に何が嬉しいんです？」

む。この少女、思っていたよりも手強いぞ。諸君は女の子に罵られると嬉しい理由を、具体的に、論理的に説明できるだろうか？

〈具体的に何がって……ねえ？〉

再びサノンに説明責任を転嫁する。

――セレたん、罵られるということは、罵る―罵られるという、ある種の非対称な関係が成立するということなんだ。その関係は明確な上下関係であって、言い換えれば支配関係でもあるよね。支配されている間は、あらゆる期待や責任から解放される。女の子という憧れの対象に支配されることで、女の子に構ってほしいという男の根源的な欲求と、日々さらされているストレスからの解放感とを、同時に楽しむことができるんだ。だから嬉しい
オタク特有の早口で説明され、セレスはしばらく考えていた。

「それでは私……サノンさんのことも、罵って差し上げた方がいいですか？」

――そうだね。私としては、吝かで――

〈いやいやいや、やめておけ。罵るなんて、セレスのキャラじゃないだろ〉

セレスは「そうですよね」と笑い、黒豚は不満げに鼻を鳴らした。

しかし、あまりに的確な説明だったが、サノンは「そっち側」の人間なのだろうか？　まあ、ジェスに豚呼ばわりされてブヒブヒ喜んでいた俺の言えたことではないのだが……。

そんな会話をしている間に、俺たちは修道院跡へ辿り着いた。かつて炎上し、石の土台と破壊された壁の一部しか残っていない、バップサスの修道院だ。

〈それでセレス、探し物って、何なんだ？〉

俺が訊くと、セレスはちょっと目を逸らしてから、言った。

「えっと……何を探すかは、分からないです」

ほう？

「ノットさんが、最初にバップサスへ戻ってきたときに隠したものなんです。何か大切なもので、自分が消えたときに掘り出せ、と言っていたのですが……」

――私がセレたんと会うよりも、前ということだね。場所は、どの辺りにあるのかな？

サノンの問いに、セレスは自信がなさそうに修道院の脇の草地を指差す。

「あの辺りのはずです」

――目印はある？

「あの……忘れてしまいました。ないかもしれません。だから豚さんたちに、探すのを手伝ってもらおうかと」

忘れた？

〈こんな草っ原だ。何の手掛かりもなかったら、探すのは難しいかもしれないぞ。何か思い出せないか？〉

「ノットさんの手が土で汚れていたので……手で土に埋めたんだとは思うんですが……」

随分とおかしなヒントだな。だがまあ、それなら探しようはあるかもしれない。

〈ノットが埋めたんだな。最初にここへ来たときというと……〉

「ふた月ほど前です」

…………。なるほど、そうすると埋め跡やノットのにおいから探し出すのはキツそうだ。

――ロリポさん、とりあえず豚海戦術です。この草地をさらってみましょう

サノンに言われて、俺は頷いた。もう夕方だ。暗くなってしまうまであまり時間はない。

探しながら、俺は疑問に思う。何か変じゃないか？　ノットが「自分が消えたときに掘り出せ」と言っていたのに、肝心の目印をセレスは「忘れた」という。しかし、修道院跡の脇にある草地という場所までなら憶えているらしい。中途半端じゃないか？

そして何より、肝心のお宝が何かをセレスは知らないのだ。なぜノットはセレスに内容を伝えなかった？

モヤモヤモヤモヤモヤ。

まあいい。セレスには借りがある。つべこべ言わずに、隠し場所を考えてみよう。

ノットは「何か大切なもの」を隠しに、この修道院跡まで来た――ここは五年前に炎上した

場所。結果、ノットの想い人イースは連れ去られ、殺された……。

なるほど。ノットは隠し場所に、思い入れのあるところを選んだのだ。この修道院跡は、村の中心部からはかなり離れている。わざわざここまで来たのだから、細かい場所についても、どこか適当な草地などではなくて、何か象徴的な地点を選ぶのが自然ではないか？

見回してみる。この草地は、修道院跡に面している。

〈なあセレス、修道院の遺構に、何か昔の面影を残しているものはあったりするか？〉

セレスはこちらへ来て、言う。

「そうですね……長らく使われていませんが、村へ続く地下道への入口ならあります」

〈いや、そうじゃなくて……ものを隠す目印になりそうなものだ。痕跡だけでもいい〉

「そういうことでしたら、あれなら……」

セレスはトコトコと小走りして修道院跡に向かう。俺とサノンもついて行く。

「五年前の火事では、まるで魔法で焼かれたかのように、本当に何も燃え残らなかったと聞いてるのですが……このタイルは――」

そう言って指差すのは、五〇センチ四方くらいの石のタイルだ。他にも同様のものが敷き詰められているが、ここにだけ、円形の跡が残っている。

「あるお方の首輪が燃えずにここに落ちていて、それでこのように首輪のあったところだけ、焦げずに残ったといいます。他には、あまり目ぼしいものは……」

なるほど。ノットが手で土に埋めた、という条件には反するが、試す価値はありそうだ。

〈サノンさん。このタイル、上手くどかせませんかね?〉

黒豚が頷く。

――隣のタイルが、なくなっています。ノッくんや豚の力なら、そちらへずらせるかもしれませんねぇ
サノンがそのでかい鼻面でタイルを押す。

豚は鼻で土を掘り返す生き物だ。その力は強く、固い土も容易に穴だらけにしてしまう。

ジリ、とタイルのずれる音がした。ゴリゴリ、と細かい砂をすり潰しながら、タイルは順調にずれていく。そして――

〈セレス! 見てみろ! 何かあるぞ!〉

タイルがあったところの土が深く掘れていて、そこに何か壺のようなものが入っている。

セレスは目を見開いて穴に近づき、細い両腕で慎重にその壺を取り出した。

「これは……」

その白磁の壺には、蓋が付いていた。全体としてずんぐりとした形だったが、上部だけ若干すぼんでいて、そこに真っ黒な輪がかけられている。

嫌な予感がした。

〈これって……〉

「あの……首輪です。どなたかの……イェスマの、銀の首輪です」

――セレたん、その蓋は、あんまり開けない方がいいんじゃないかな
しかしセレスは、壺を地面に置くと、蓋を開けてしまった。

覗き込む。そこには白っぽい灰と、明らかな骨の欠片が入っていた。

動揺した様子で、セレスは蓋を元に戻す。焼き物同士がこすれ合い、嘶くような音を立てた。

「ご、ごめんなさいです。つい、気になったものですから……」

ノットが隠したのは、この骨壺なのだろうか。この真っ黒になった首輪から推察するに……

その骨は、イェスマのものだ。

〈ちょっと見ていいか〉

断ってから、俺は首輪に顔を寄せる。

その瞬間。

まるで還元剤に漬けたかのように、黒ずんだ首輪が一瞬で銀色の輝きを取り戻した。

驚いて、俺は一歩退く。

〈すまん、俺、何か……〉

セレスはその大きな目で俺を見た。

「この首輪……くそどーてーさんのお知り合いの方が、着けていらっしゃったものかもです」

〈どうして、そうと分かるんだ？〉

「持ち主を亡くした首輪が輝きを取り戻すのは、それを着けていたイェスマのお慕いする方が、近くに来たときだけですから……」

ぞっとする。まさかジェスが……いや、それはあり得ない。だってジェスの首輪は、俺の目の前で、真っ二つに……

ということは、この銀の首輪は、消去法で——

〈ブレースという子の、ものだと思う。旅の途中で知り合って、王都の一歩手前、針の森で命を落としたイェスマがいたんだ〉

無口で、祈るのが好きな、おっぱいの大きい子だった。

〈その首輪と遺骨を、ノットは持って帰って来て、ここに埋めたんじゃないか〉

セレスは衝撃を受けたのかしばらく黙っていたが、やがて、「なるほどです」と呟いた。

「ノットさんは、胸の大きな女性がお好きでした」

俯いた少女の視線は、起伏のない上半身をなぞって、そのつま先に向けられていた。

何のことかと思ったら、地の文を読まれていた！

〈ち、違うぞセレス！　別にノットは、ブレースとは何も……〉

「ご、ごめんなさいですっ……あの、分かっています。変なことを言ってしまって……すみませんでした」

耳を赤くして謝罪するセレスに、サノンが伝える。

──セレたん、これ、どうしようか？　旅籠に持って帰る？

するとセレスは、少し困ったように、曖昧に首を揺らした。

なるほど。

セレスの迷いを見るに、どうやらこの骨壺は、掘り出す必要のなかったもののようだ。確認しておくことがある。

〈なあセレス、気になったんだが……実はノットに、「自分が消えたときに掘り出せ」だなんて、言われてなかったんじゃないか？〉

──あの、ロリポさん

サノンが遮ろうとしてくるが、構わずに続ける。

〈俺たちは味方だ。セレスとは、これからいろんな秘密を共有することになると思う。だから、お互い嘘はナシにしよう。怒ったりしないから、本当のことを話してくれないか。ノットがこの辺りに何か隠したのを盗み見て、気になって探そうとしたんだよな？〉

しばらくして、セレスは頷いた。

「……です。ジェスさんや豚さんと一緒に旅立ってから、大変なことになって、ようやくバップサスへ戻って来られたとき……ノットさんがこっそり何か抱えていらっしゃったものですから、何を持っているのか、訊いたんです。そしたらノットさんは、『大切なものだ。だがお前は知らねえ方がいい』って……でも私、気になってしまって……ひそかに後をつけたんです。

ノットさんがそちらの草地で立ち止まるのは見たんですが、ロッシさんに気付かれそうになって……それで……」

ノットは相棒の犬、ロッシを連れていた。そのロッシに嗅ぎつけられそうになって、セレスは慌てて逃げ帰ったのだろう。帰ってきたノットの手が土で汚れていたから、草地の地面を探そうとした。だが、何も見つからなかった。タイルの下に隠してあったからだ。

──分かるよ。好きな人が隠し事をしていたら、誰だって気になっちゃうよねぇ

サノンがフォローする。

「すっ、好きとか、そういうことじゃないです！　ただ、もう二度と会えないんじゃないかと考えると、恐ろしくて……少しでもノットさんにつながるものが欲しくて、それで……ごめんなさい、私……嘘をついて豚さんたちを手伝わせてしまって……」

セレスの目が涙で潤み始めた。

〈謝らなくていい。気持ちは俺にだって分かる〉

ジェスが隠し事をしていると分かったとき、俺の心はどれだけざわついたか。セレスの働いている旅籠で、ジェスとノットが二人きりになったとき、俺はどう感じたか。

セレスは否定し続けるが、そのどうしようもない感情の正体を、俺は知っている。気にしないようにしたところで、到底できないことがあるのだ。

だからこそ、俺はセレスを助けなければならない。

骨壺と首輪は、タイルの下に戻した。

客のいない旅籠へ帰った俺たちを、セレスの女主人が迎えてくれた。

「まさかサノンが戻ってくるとはねえ。それにジェスの豚が一緒だなんて」

ふっくらと太った赤毛のおばちゃんで、名前はマーサ。五年前、修道院にイェスマを匿っていた張本人でもある。サノンのことはよく知っているようだったが、以前俺と会ったときは一言も交わさなかった気がするので、「くそどーてー」という言葉を慎重に避けて俺も自己紹介をしておいた。

温和な態度ではあったが、セレスをノットのところへ連れていってやりたいという俺たちの要望を、マーサははっきりと却下した。

「それは無理な話だよ。気持ちは分かるけど、セレスはもうやれないね」

腕を組むマーサを前に、セレスはしょんぼりと肩を落としている。

「これはあたしの問題じゃなくてさ……もちろんセレスを二度と危険な目に遭わせたくないってのもあるんだけどね、そもそも一六に満たないイエスマってのは、仕えてる『家』に縛られるものなんさ。王朝との契約でそうなってんだ。この家がある限り、セレスがその仕事をほったらかして遠くへ行くなんて、普通はあり得ないことなんだよ。前回はサノンの熱意に押されて許しちまったが……もう二度目はないよ」

セレスはうなだれて、いつも以上に言葉少なだった。俺たちも、十分な説得の言葉を用意することはできなかった。

——ありがとうです。お部屋、行きましょう

セレスは俺たちにそう伝えてきて、自分の部屋まで豚二匹を案内した。

旅籠(はたご)の角部屋にあたるセレスの寝室は、以前ジェスが泊まった客室よりもむしろきれいで、ものは少なかったが、少女らしいおしゃれな調度品できれいに整えられていた。

部屋に入ると、セレスはまっすぐベッドへ向かい、ぼすん、とうつ伏せになってしまった。

豚と黒豚は無言で顔を見合わせる。

セレスを介さなくても、お互い言いたいことは分かる。セレスはバップサスから動けない。ならば、俺たちはここに何をしに来たのか。一三の少女の子守だろうか？

「う……」

声にならない声が、静かな部屋の空気を破いた。

あまりにも気まずいが、部屋を出ていくわけにもいかない。こっちで会話をしてセレスの声を掻(か)き消(け)したいところだが、あいにく俺たちは言葉をしゃべれない。

「ンゴ？」

「……ンゴ」

ダメだ、やっぱり会話にならない。

するとセレスが上半身を起こして、こちらを向いた。涙は枕に吸われたようだが、その大きな目は赤く充血している。

「とてもつまらないお話かもですが……ひとつ、聞いてくださいますか……？」

〈ああ、話してみろ〉

——もちろん、聞くよ

俺たちは応える。

セレスはゆっくりと、震える唇を開いた。

「あの……私がここへ来たのは、五年前のことです。そのとき私はまだ八歳。慣れない土地で、仕事もできず、おどおどして、みなさんに迷惑ばかりかけてました」

〈当然だろ。そもそも八歳で仕事をするのが異常なことだ〉

セレスはちょっと首を動かして、続ける。

「私は邪魔者でした。痩せて骨ばっている私を、みなさん『骸骨』や『木の枝』と呼んで、笑っていました。私はすごく……悲しかった」

突然始まった少女の独白。俺はただ、釘付け（くぎづ）になっていた。

「そんなある日、この村に一人の男の人が帰って来ました。その人は拉致されたイースさんの首輪を持ち帰っていて、マーサ様にプレゼントしました」

誰のことかは、訊くまでもない。この村の自慢、今では革命の勇者。ノットだ。

「ノットさんは初めて会ったとき、私に言いました。『お前の目は、俺が好きだった人の目によく似ている』——そして私に、美味しいウサギの肉を焼いてくれたんです。『でも痩せすぎだ、それじゃおっぱいも大きくならねえぞ』って」

いや少年、おっぱい好きすぎか？

「私がノットさんと知り合ってから、村の人たちの私を見る目は変わったんです。みなさん私を、可愛がってくれるようになりました。ノットさんは、英雄で、話題の中心で、空気を作る人です。きっと、ノットさんが私を可愛がってくれたから、他のみなさんもそうしたんだと思うんです」

ようやく落ち着いてきたセレスの声が、再び震え始める。

「それからずっと、ノットさんは私の憧れの人でした。イェスマの私に、子供の私に、恋をする資格がないことなんて、分かってます。でもノットさんのこと、忘れられなくて……遠くで今にも死んでしまうかもしれないのに、ここで何もできないなんて……」

セレスは俺の目をまっすぐに見た。

「耐えられないです」

突然の独白は突然に終わり、セレスは一通り泣いた後、泣き疲れたように眠りに落ちた。

# 断二章

# 大切なひと

the story of
a man turned into
a pig.

私とヴィースさんの他に、イーヴィス様のお孫さんであるシュラヴィスさんが、王の寝室にやって来ました。

イーヴィス様はこのメステリアの王であり、最高の魔法使い。寝室は金銀の装飾によって豪華絢爛に作られていて、魔法の灯りが部屋を暖かく照らしています。

天蓋付きの大きなベッドで、イーヴィス様は横になっています。豊かに波打つ白髪に、長く立派な白いお髭。老いてなお端整なお顔立ちです。しかし、目の下の隈がひどく、痩せて、まるで病人のようです。

「お具合は、いかがですか」

私の問いかけに、しばらく答えはありませんでした。

イーヴィス様が、ちらりとシュラヴィスさんに顔を向けます。

「……分からない、というのが、正しい答えかもしれん」

「分からない？」

シュラヴィスさんがひどく動揺した声を出します。シュラヴィスさんも、イーヴィス様から受け継いだ、彫りの深い整った顔立ちで、こちらはクルクルと巻く金髪をされています。歳(とし)は一八歳。実直で、真面目な方です。

「ああ、生まれてこのかた、呪いというものを受けたことがなかった。だから、これが治るのかどうかも、調べなければ分からん」

「本当に、呪いなのですか」

ヴィースさんも動揺しているようです。声が震えています。

「私の魔法で、これを完全に殺しきることはできなかった」

イーヴィス様が、布団(ふとん)から右腕を出します。右手の甲にどす黒い痣(あざ)のようなものがあって、その周囲に、蔦(つた)が絡(から)まるように黒い筋が走っていました。

「つまり、謎の魔法使いによって、私に呪いがかけられたということだ」

魔法には、あらゆる非魔法を凌(しの)ぐ力があります。毒や疫病は魔法で浄化することができますし、リスタを用いた擬似魔法も、イーヴィス様のように一人前の魔法使いならば、完全に殺すことができます。イーヴィス様に殺せない力があるとすれば、それは他の誰かの魔法だけなのです。

「でもおじい様、ここにいる四人の他に魔法使いといえば……」

シュラヴィスさんが不安そうに言うと、イーヴィス様が小さく顎を引きます。

「そうだ。マーキスと、ホーティスだけだ」

「では、叔父上が……」

三人とも、暗いお顔をされています。申し訳なく思いながらも、伺います。

「ホーティスさんというのは、どなたでしょうか」

ヴィースさんが説明してくれます。

「イーヴィス様には、実は二人の子がいるのです。私の主人マーキスと、その弟、ホーティス」

マーキスさんのお話は、度々聞いています。イーヴィス様のご嫡男で、ヴィースさんのご主人で、そして、シュラヴィスさんのお父上です。イーヴィス様が最高の魔法使いである一方、マーキスさんは最強の魔法使いだと聞きます。もちろん、魔法を自由に使える魔法使いなんて、ほとんどいないわけですが。

「マーキスさんは、イーヴィス様の命で、北部に潜入されているんですよね」

私の問いに、ヴィースさんは頷きます。

「そうです。姿を変えて、北部の王城付近を探っています」

「では、ホーティスさんは……」

「消えたのだ」

イーヴィス様が言いました。

「五年前、私たちの方針に反発し、王都から姿を消した。消息は完全に不明だ。私はもう、死んだものだと思っていたが……」

「まさか叔父上が、おじい様に呪いをかけるだなんて」

「それは信じがたいことです」

ヴィースさんは首を振ります。イーヴィス様も小さく頷きました。

「私も、ホーティスがもし生きておったとして、そういったことをするとは思わん。だがあやつなら、『錠魔法』を外すことだってできるかもしれぬ」

「錠魔法？」

私が首を傾げると、イーヴィス様が説明してくださいます。

「イェスマの首輪や、王都民の血の輪は、『錠魔法』という特別な魔法で守られておる。『鍵魔法』、つまり解き方を知らなければ、それらを外すことはできん。しかしホーティスのように技巧的な術師であれば、錠魔法をこじ開けることも不可能ではない。ホーティスが探知されぬ方法で首輪や血の輪を外したとすれば……」

イーヴィス様は、眉間に深い皺を寄せます。

「我々の認知せぬ魔法使いがこの世に放たれた可能性は、無視できん」

寝室が、しんと静かになってしまいました。

イェスマの首輪というのは、本来魔法使いであるイェスマの魔力を、魔法を使って封じるためのものです。イーヴィス様かマーキスさんでなければ外すことができないと聞きました。特別な魔法で守られているので、正規の方法以外で取り外すには……首を落とすしかありません。

一方、血の輪というのは、この王都で暮らす人々の心臓に付けられた輪で、イェスマの首輪と似た働きをします。魔力をかなり制限するのです。こちらは外から見えませんが、これを正規の方法以外で取り外すには……心臓から全身へとたくさんの血液を送る血管を、切断しなければなりません。

ホーティスさんという方がこれらを外せたとしたら……イェスマとして扱われていた少女たちや、魔力を制限されていた王都民たちが、王朝の知らないところで魔力を解放されていたとしたら……イーヴィス様の守られてきたこの秩序は、すっかり乱れてしまいます。

勉強したことが、脳裏に浮かんできます。

暗黒時代。

魔法使いたちが争い、たくさんの血が流れた時代。際限のない暴力同士がぶつかり、世界が壊れかけた時代。

イーヴィス様の曾祖母、ヴァティス様がその時代を終わらせたと教わりました。ヴァティス様は同盟の魔法使いを全員弱体化させ、生存していた他の魔法使いを探し出しては処刑したといいます。本来の力を出せるのは、自分の一族のみとしたのです。

その改革が、イェスマという種族の始まりでした。

王都民の中から魔力をもって生まれ、魔力を封じる首輪をつけられ、記憶を消され、王都の外で奴隷として働く「種族」、イェスマ。一六歳になると野に放たれ、自力で王都に辿り着くことができなければ遅かれ早かれ殺されてしまう「種族」、イェスマ。

魔力と同時に攻撃性や自己中心性も封じられた少女たちは、奴隷として流通させられ、暗黒時代以降の社会を最底辺から支えてきました。さらには、存在し、淘汰されることによって、王朝の権威の源である魔法使いという種族を維持する役割もはたしてきたのです。

私にも、イェスマだった時代がありました。しかし私は、幸運にも王都へ辿り着き、しかもイーヴィス様に素質を見出され、未来の王妃──シュラヴィスさんの許嫁として、教育を受けています。

でも、と私は思います。

どうやって王都に辿り着いたのか、それが全く、思い出せないのです。

ホーティスさんのお話をしてから、私たちは今後の戦略について話し合いました。

そもそもこの戦いは、負けるはずのないものでした。相手に魔法使いはいないはずだったのですから、戦力の差は歴然です。イーヴィス様が北部勢力の戦略の要である各地の「収容所」を一つずつ確実に潰していけば、支配地域を取り返すことができます。マーキスさんが北部の王アロガンの近くに潜入しているので、統治の実態が明らかになった後、北部の王朝を壊滅させれば、敵方は総崩れになるでしょう。

それが、私の教わってきたことでした。この王政が揺らぐことはあり得ない、と。

しかし本当に、そうなのでしょうか。私は言います。

「そもそも勝てる見込みがないなら、どうしてアロガンさんは反旗を翻したのでしょう。魔法使いがいるこの王朝に対してすら一矢報いるような仕掛けがあるからこそ、戦いを始めたのではありませんか？」

イーヴィス様が唸ります。

「私の現状に鑑みるに、その可能性は大いに高いと言えるだろう」

最高の魔法使い、イーヴィス様にすら殺せない呪い。それはとりもなおさず、予期しない魔法使い――イーヴィス様の言う「闇躍の術師」の存在を意味します。その人こそが、北部勢力の勝算だということです。

ヴィースさんが思慮深く口を開きます。

「失礼ながら……イーヴィス様は、釣られたのではありませんか？」

「ふむ。私が直々に出征することを見込んで、呪いを仕掛けたと。それは十分にあり得ることだ。私が呪いを受けた地はニアベル。北部勢力の支配地域の中では、こちら側へ突出し、陥落寸前の場所だった。行ってみると守りが手薄だったが、ニアベルを死守するつもりは毛頭なく、私を釣り出して呪うつもりだったと考えれば、辻褄も合う。闇躍の術師の、思う壺だったかもしれんな」

シュラヴィスさんが慌てた様子で言います。

「それでは……敵方には魔法使いが少なくとも一人いて、こちらは罠に嵌っておじい様が戦線を離脱、父上はアロガンのところに潜入中――戦略を変えなければ、こちらの支配地が次々に侵略されてしまうではありませんか」

「そうだ。しかしマーキスを呼び戻すにも、タイミングがある。まだ北部による統治の仕組みが完全に解明されたわけではない。尚早にアロガンを倒しても、第二の王が現れるだけかもしれぬ。敵方に魔法使いがいるとすれば、その正体を掴まぬまま北部の王朝を潰すのは悪手だろう。早く呼び戻すに越したことはないが、まだ待たねばならぬ」

闇躍の術師。王朝に歯向えるほどの戦力。謎が多いままに力で封じようとするのは、大変危険なことなのでしょう。

ピリピリとした空気が、寝室を支配しています。

「おじい様、私が代わりに――」

「ならぬ。シュラヴィスが死んだら、誰が後を継ぐのだ。お前に今訓練を受けさせているのは、この戦に参加させるためではない。この戦が終わった後、再びこのメステリアに安寧をもたらす仕事をさせるためだ」

「安寧を――それは、父上のようにですか」

「そうだ」

シュラヴィスさんが、気まずそうに私のことをチラリと見ます。何を考えているかは、分かりません。

「……そうですか、承知しました」

ヴィースさんが、どこか落ち着かない様子で、話を変えます。

「とりあえずは、イーヴィス様なしで戦うことを考えましょう。兵はどのくらいあるのですか」

「二〇〇ほどの兵からなる隊が、各地に三〇ほど……訓練を積んだ者でないと、オグに太刀打ちできん。これ以上は増やせんだろう」

イーヴィス様は、絶対的に平和な世界を信じていたお方です。軍隊も、最小限しか用意されていませんでした。一方北部勢力（ノザン）は、支配地からの強制的な徴兵により兵力を増やしているうえに、オグという強力な化け物を使うそうです。人間のような形をした大型の生き物で、俊敏性、攻撃力、耐久力、すべてにおいて秀（ひい）でていると聞きます。熟練した兵でなければ、歯も立たずに一瞬で殺されてしまうという話です。

シュラヴィスさんが下を向いたまま言います。

「岩地の戦いで敗走した解放軍の本隊は三〇〇と聞いています。数は少ないですが、勇敢な若者たちを中心とした精鋭だったはずです。私たちも、生半可な戦い方では死者を増やすだけでしょう」

「そうだな。我らの兵だと、一つの街を落とすのに五〇〇は必要だろう。しかし、向こうが兵力を集中させたところに当たれば、それが壊滅する可能性も十分にある」

ヴィースさんが言います。

「解放軍は敗走しましたが、リーダーが機転を利かせ、生き残りを逃したとおっしゃっていましたね。トップを失ったとはいえ、残党たちはまだ潜伏中でしょうし、彼らに共感して戦おうとする民も少なくないはずです。それを利用する手はないでしょうか」

「ヴィースよ、王朝に楯突く者たちの力を借りようというのか。奴らはイェスマを救うという名目で、王朝の流通拠点や監視所も襲っておるではないか。一部の民に受け入れられておるだけで、アロガンと同類だ。今の制度を脅かす者たちに、力を借りるつもりはない」

「……すみません、軽率でした」

「よいのだ。可能性の一つとして、その手は私も考えた」

解放軍のリーダーは、ノットさんという方だと聞いています。偶然でしょうか、私が王都に入ったのとちょうど同じ頃に突然頭角を現し始め、「イェスマから搾取する世界を壊す」という目標のもと、次々に同志を集めていったそうです。自由の民を称する狩人たちを中心に大勢が同調し、その数は、王朝にとっても、北部勢力にとっても、無視できないものとなりました。

しかし彼らの勢いも、ひと月ほどで終わります。戦で大敗し、ノットさんが捕らえられてしまったのです。マーキスさんの報せによりますと、ノットさんは剣闘士として見世物にされ、もう長くはない運命とのことです。

ノットさんとは、どのようなお方なのでしょうか。炎の剣士で、腕は一流、イェスマのためには命も惜しまない方だと噂されています。……もしかすると私も、直接的にではなくとも、お世話になったことがあるのかもしれません。

私がキルトリン家を出るあたりから、王都に入るあたりまでの記憶。それはイーヴィス様の魔法によって封印されています。正当な理由があってのこととおっしゃっていますが、もしかすると、と思います。

もしかすると、ノットさんが……

私には、忘れられない人がいるのです。とても大切な誰かに、守られていた——それだけははっきりと、憶えているのです。

でも、栞の挟まったページは、貼り付いて開きません。

……あれ？　いつのまにか、目を閉じていたようです。

顔を起こそうとすると、目の前が真っ白になります。そのまま身体が、椅子から滑り落ちるのを感じました。

# 第二章 ワンチャンは絶対に逃すな

the story of a man turned into a pig.

犬の吠え声で、俺は目を覚ました。セレスが寝ているベッドの向こうで、窓からぼんやりと赤い光が差し込んでいる。朝焼けだろうか。

寝ぼけてンゴンゴと鼻を鳴らしていると、犬の吠え声がどんどん近づいてくるのが分かった。

何だ何だ？

寝室のドアがバンと大きな音を立て、すぐ外からウォンウォンと鳴き声が聞こえる。俺とサノンは飛び起き、ガチャガチャ鳴るドアノブを注視する。セレスが「ん……？」と寝ぼけた声を出す。

ガチャリ。ドアが開いた。飛び込んできたのは、白い――

大きな犬がセレスのベッドに跳び乗って、寝ぼけたセレスの顔を容赦なくベロベロと舐め始める。その激しさはサノンの比ではない。

「あっ、ロッシさん……分かったです、分かったですから……」

セレスが上半身を起こし、ロッシを抱き止める。ロッシ――ノットの相棒の大型犬だ。

〈ノットが帰ってきたのか……？〉

訊くと、セレスは暴れ犬から逃れながら言う。

「いえ、ノットさんが捕らわれたとき、ロッシさんだけ逃げ出して、バップサスへ戻ってきたんです……あ、ダメ……激しすぎです……」

なるほど。じゃあロッシは、なぜ突然セレスを襲いに来たんだ……？

――ロリポさん

サノンがセレスを介して、真剣な口調で伝えてくる。促されて外を見ると、赤い光は決して朝焼けなどではないと分かった――森が燃えている。

ヒュルヒュルヒュル、と音がして、続いて近くで爆発音が響いた。赤い光はより一層強くなる。これは……

〈セレス、逃げるぞ！〉

慌ててパブへ出ると、マーサが銀の紋章――銀の首輪と二本の剣で作ったまじないのようなもの――を壁から取り外しているところだった。

「村が襲われてる！　あたしは馬を使う。セレスは先に逃げな！」

「でも、マーサ様……」

セレスは視線を迷わせて混乱している。

「大丈夫、ミュニレスで落ち合うよ。『眠る仔馬亭』のクロイトを訪ねるんだ」

マーサは銀の紋章を解体して、皮の袋に入れた。窓の外、通りの反対側に何かが落ちて爆発する。やかましい音がして、パブの窓ガラスが割れた。

とっさにセレスを守ろうとする――が、すでにサノンとロッシが、セレスを庇っていた。

尻もちをついたマーサは、俺たちを追い払うように手を振る。

「早く出るんだよ！　あたしもすぐ行くから！」

頷く豚二匹。ロッシが言葉を解したかのように走り出す。

――行きましょう。ロッくんの後を追います

サノンが俺に伝えて、しゃがむセレスの背中を鼻でつついた。

セレスは俺たちに押されるようにして立ち上がる。ロッシは曲がり角でこちらを向いて待っていた。俺たちはロッシに続いて、裏口から旅籠を出た。

旅籠はまだ燃えていないが、周囲の木々が大きな炎を上げている。一定の距離が空いているにしても、風向きによっては、この建物も危ないだろう。黒豚は炎を見て、何か閃いたかのように立ち止まった。

〈サノンさん、何してるんすか、早く逃げないと〉

黒豚がゆっくりとこちらを向いた。

――すみません、やることを思い出しました。ロリポさんは、セレたんを安全なところへ

〈え……？　なにミステリー小説の死亡フラグみたいなこと言ってんすか。サノンさんも一緒に逃げないと。はぐれたらいつ会えるか分かりませんよ〉

炎を背景に、黒豚は異様な迫力を帯びて見えた。

——では、少し先の沢で、待っていてください

サノンはそれだけ伝えると、回れ右して、炎の方へと走っていく。

どうしたどうした？　こんなときに、逃げるより優先すべきことがあるのか……？　焼豚にでもなりたくなったのか……？

しかし俺も、モタモタしてセレスを焼きロリにするわけにもいかない。

〈セレス、サノンの言う沢の方向は分かるか〉

「ええ、沢ですね。行きましょう」

こちらを見ていたロッシが、セレスの言葉に応じて走り出す。その後にセレスと俺が続く。

……ん？

ふと、ある可能性に気付いて立ち止まる。まさかとは思うが、サノンは——

振り返って目を凝らすと、想定通りの光景が見えた。

黒豚が、体長の二倍はある、葉の轟々と燃えている木の枝を咥えて、引きずって歩いている。

そしてその向かう先には、まだ燃えていないマーサの旅籠があった。

沢の水は、何も知らずにちょろちょろと岩の間を流れている。周囲が岩がちなこともあって、

沢の近くに、まだ炎は来ていない。じっと待っていると、旅籠の方から黒豚が走ってきた。

――お待たせしました、行きましょう
〈火傷、してないっすよね〉

俺が慎重に問うと、サノンも慎重に頷いた。

――私は、燃えませんでした。無事、やることは終わりましたよ
目と目で通じ合う。セレスのためだ。俺なら絶対にやらなかったことだが……サノンの本気度が、黒豚の目からギラギラ伝わってきた。

森のいたるところが燃え、ゴウゴウと風の鳴る音とバチバチと木の爆ぜる音がうるさい。油断していると、煙が目に染みてくる。村が何に襲われているのか知らないが、早く逃げないとヤバそうだ。

ロッシは耳をピンと立て、そわそわと周囲を見ている。さっきまでとは打って変わって、すぐには走り出そうとしない。鼻をしきりにヒクヒクさせている。

〈ロッシはどうしちゃったんだ?〉

問うと、セレスが震える手をロッシの背中に置き、言う。

「警戒してるみたいです……何かよくないものが……」

俺も風を嗅いでみる。豚の嗅覚は犬並みに鋭い。ロッシが何か嗅ぎ取っているのなら、俺にも何か、分かるかもしれない。

………。海のにおいがする。魚市場のような、磯のようなにおいだ。そして不快な、汗のにおい。酒のにおい。いくつもの少しずつ異なるにおいが入り混じっているので、その源は多数あるということが想像できた。

燃える森のあげる轟音の向こうから、ガチャガチャと音が聞こえるような気がする。

〈集団が、風上から来ている〉

――ここは、王朝の支配下にあります。王朝軍なら、こんな焼き討ちみたいな真似は、絶対にしないはずです。北部勢力の軍が来たとしか、考えられませんねぇ

〈でも、どうして突然、こんな南の村に？〉

俺たちが来たタイミングでこのバップサスが襲われたのは、偶然だろうか？

――理由は後で考えましょう。ロリポさん、これは戦争です。とにかく、逃げましょう

黒豚はそう伝えてくると、ロッシをつついて促した。しかしロッシは動かない。

――どうしたんですかねぇ……いつもなら、張り切って道を探してくれるんですが……

ロッシは緊張した様子で首をきょろきょろ動かしている。動かないのではない。おそらく、動けないのだ。暁光の中、三六〇度どこを見ても、空が黒い煙で覆われているのが分かる。

〈周囲はほぼ切れ目なく燃えている。炎を避けるなら、村の出口はおそらくただ一つ、こちらに近づいてくる集団のいる方向だけだ。どこへ行っても、危険が待っている〉

「そんな……」

セレスが悲しげな、か細い声をあげた。

考えろ豚。こんなか弱い少女をここで死なせていいはずがない。俺だって、ここで大人しく焼豚になっている暇はないのだ。だって、王都には……

頭を振って思考を戻す。

全方位を囲まれたとき、逃げ道として考えられるのは……上か下だ。しかしまさか、上を飛んでいくわけにもいかないだろう。では下なら……

〈なあセレス、修道院には村へ続く地下道への入口があるって言ってたよな〉

「はい」

〈その地下道の出口の場所は知ってるか？〉

セレスがパッと顔を上げる。

「えっと……マーサ様の旅籠（はたご）の近くにあります。今はもう使われていなくて、中がどうなっているかは分からないのですが……」

〈修道院は村のはずれ、山の中腹にあって、火が回りにくそうだ。地下道を使って修道院まで行けば、炎を逃れられるかもしれない〉

「なるほどです！」

黒豚も頷（うなず）く。

——そうと決まったら行きましょう。どうやら、軍がすぐそこまで来ているようですよ少女、犬、豚二匹。おかしな一行は、急いで旅籠まで戻る。途中、近づいてくる騒音に振り返った俺は、木立の向こうに恐ろしいものを見た。

村のメインストリートを、三メートルはありそうな、巨大な人型の化け物が歩いている。筋骨隆々で、全身をサイのような灰色の厚い皮膚に覆われ、丸太のような槍を持っている。

——オグと呼ばれる、化け物です

と、サノンが教えてくれた。北部勢力の使う、強力な兵だという。明らかに、豚や並大抵の人間が太刀打ちできるようには見えなかった。手や足が異様に大きく、水掻きのような構造が付いている。

俺たちは軍に見つからないよう、身を低くして森の中を走った。

マーサの旅籠は、すっかり炎に包まれていた。セレスはその炎を見て、少し目を見開く。

——セレたん、地下道の入口は？

サノンが気を逸らすように言うと、セレスは裏手の崖を指差した。岩肌にぽっかり空いた穴を、何枚かのボロ板が塞いでいる。

迷っている場合ではない。俺は突進して、その板をバラバラにした。

＊＊＊

驚くほどに痛みはない。ただ絶望的な疲労感だけが、牢の中で、俺を地面に押し付けていた。

拷問官は、異様に背が高い老人だった。骨ばった手をいくつもの指輪が飾り、ぎらりと光る金色の目が身を竦ませた。ただならぬ気配を感じ、なぜ拷問官などをやっているのか疑問に思った。だが、そんな余計なことを考えていられたのは、最初の数十秒だけだった。

拷問椅子へ海老反りに縛り付けられた俺は、何を尋問されるでもなく、ただただ長時間に渡って耐えがたい苦痛を与えられた。呻き声を上げる俺を、拷問官は近くで、無言で眺めていた。

「だらしない」

女の声が聞こえた。首だけ動かして見上げると、金の檻のすぐ外に、感情のない目をした細身のイェスマ——俺を王城へ連行したヌリスが、立っているのが見えた。汚れた着物の裾から、みすぼらしい肌着が覗く。

「たまっているのか？」

牢の中だ。叶いもしない下衆な思考くらい、見逃してほしいものだ。

「何の用だ」

声を絞り出す。

「拷問の後だ。水が欲しいのではないか。それとも、イェスマを犯したいか？」

言われて初めて、ヌリスが革のマグを持っていることに気付く。

「侮るな。お前は自分を、何だと思っている」

「奴隷。生来都合よくできている、聞き分けのいい奴隷」

表情筋をほとんど動かさず淡々と言い放つヌリスに、怒りを覚えて上体を起こす。

「そんなんだから――」

両肘をつき、右手をついて顔を上げる。

「そんなんだから、お前らは一生そのままなんじゃねえかよ」

「違う」

ヌリスは無感情に言う。

「そんなんでもこんなんでも、イェスマの役割は変わらない。家畜が食われるために存在するのと同じ」

返す言葉は、すぐには浮かばない。

「……持って来たんなら、水をくれねえか」

ヌリスは微動だにしない。

「私は奴隷。奴隷に注文するなら、それらしい頼み方をしてみたらいい」

こいつは何なんだ、と思う。まるで俺の信念を曲げようとしているようだ。

「それを言ったら、俺も奴隷だ。命を弄ばれている死刑囚だ。お前も俺に、奴隷にやるのにふさわしい水の与え方をしてみろ」

ヌリスはスッと檻（おり）へ歩み寄り、骨ばった片脚を隙間から差し入れた。革のマグが、その腿（もも）に添えられる。

「では私の脚から、水を飲め」

そう言ってマグを傾け、脚に沿って水を流し始める。迷いはなかった。俺はヌリスの内腿に顔を寄せ、水を口へと注ぎ込んだ。喉の乾きが癒される。

「恥という感情がないのか」

コップが空になると、ヌリスはそう言った。

「今は生きんので精一杯なんだ。お前しか見てねえところで、カッコつけたってしょうがねえだろ」

しばらくの沈黙。

「どうしてそこまでして、生きようとする」

「……やりたいことがあるからだ」

「何をしたい」

「イエスマを殺して稼いでる奴らを殲滅して、それから、イエスマの不幸の根源になってる仕組みをぶっ壊す」

否応なく、イースの笑顔が浮かんでくる。賢くて、悪戯好きで、優しかったイース。拉致され、犯され、首を斬られたイース。

「イース。結局は、個人的な執念ということか」

「悪いかよ。その個人的な執念に応じる奴らが多いから、俺もこんな特別扱いを受けてんじゃねえのか」

ヌリスは少し離れて、金の檻を見る。

「確かに、特別厳重に監禁されているらしい。尋問もさぞ、厳しかっただろう」

「そんなことはない。ただ黙って苦しめられただけだ」

「何も訊かれなかったのか？」

「そうだ」

「ではなぜ、拷問から解放されて、この地下牢に戻された」

言われて、思い出す。断片的な記憶が残っているだけだが……

——収容所からの脱走者が……

——イノシシが暴れ回って……

——イエスマは捕縛してここに……

隣接する玉座の間からそんな声が聞こえてきて、拷問が中断されたのだった。それ以降のことは、憶えていない。おそらく失神したのだろう。

「なるほど、お前を運んでいる途中にすれ違ったイエスマは、収容所からの脱走者だったか」

ヌリスは勝手に思考を読んで、そう呟いた。

意識を失った俺は、ヌリスによって、闘技場の地下にあるここまで移送されたのだろう。

「顔は痣だらけで、背中は鞭打たれていて、哀れな姿だった。あれはもう、長くないな」

他人事のように言いながら、ヌリスは数歩下がる。

「邪魔をした。それでは」

ヌリスは去っていく。水を飲んだだけのはずだが、なぜか疲れが、少し癒えた気がした。

＊＊＊

地下道はところどころ崩れていたが、掘削能力をもつ二匹の豚がいたおかげで、なんとか通り抜けることができた。修道院に出た俺たちはロッシの案内で山道を北上し、バップサスのすぐ北にある油の谷へ到着した。もう太陽はだいぶ高く上がっている。
油の谷は、一〇〇メートル近く切れ込んだ白い岩の峡谷だ。谷には大きな吊り橋が渡されているが、ロッシは迷わず反対方向に歩き、急な坂を下りて谷底へ向かう。
——ここの地名は、暗黒時代の戦いに由来しているんです。それ以前は何かかわいらしい名前だったようなんですが、この辺りで起こった戦で何千人もの方がお亡くなりになって、その方々の血が谷を染めたためにまるで油が流れているように見えて、それで「油の谷」と呼ばれるようになったそうですよ
声が蘇る。懐かしい声が。

セレスの視線を感じ、頭を振って括弧を打つ。

〈ここまで来れば、もう大丈夫だな〉

「油断はできませんけど、きっと」

〈長いこと歩きっぱなしだったんだ。ちょっと休憩しよう〉

俺の提案で、斜面途中の茂みの間に立ち止まり、俺たちは脚を休めた。

――ロッくんがいて、助かりましたねぇ。避難ルートも的確でした。本当に、賢い子だねぇ
黒豚がロッシに擦り寄ると、ロッシはその鼻面をペロリと舐める。

〈ロッシはずっと、バップサスにいたのか？　ノットがいなくなってからも〉

俺が訊くと、泥まみれの顔を手で拭っていたセレスが、律義に説明してくれる。

「はい。ノットさんと一緒に捕らえられて、かなり北の方まで行ったようなのですが、途中で逃げ出してきたみたいで……それ以来ずっと、近くで私を守ってくれてるんです」

――ロッくんはさっき、外で見張りをしてくれていたんだね
「です。ちょっと汚れていて、外から見える武具を何も着けていないのは、万が一悪者に見つかったときに、ただの野犬だと思わせるためで」

確かに、言われてみればそうだ。だが……

〈じゃあ、ロッシの前脚についている、この金属の輪っかは何だ？〉

細かいことが気になってしまう、俺の悪い癖。ジェスと旅をしていたときにもついていた気

がするが、左前脚の先端近くに、金属の輪がきつく巻きついている。錆びずに黒ずんでいるから、銀だろうか。

「それは分からないです。ノットさんと出会う前から、ついていたそうです」

〈出会う？　仔犬から育てたんじゃないのか〉

よく躾けられ、訓練されているので、てっきりノットが育てたのだと思っていた。

「五年前、イースさんを奪還しに行く旅の途中で、出会ったそうです。ちょっと、不思議な話ですよね」

——こんなにしっかりしていて、狩りも上手だということは、ノッくんの前の飼い主も、腕利きの狩人だったのかもしれないねぇ
なるほど、一理ある。

〈ああ、最後にもう一つだけ〉

「はい」

〈「外から見える」武具を着けていないと言っていたが、見えない武具なら着けているのか？〉

「です。見てください」

セレスはロッシの口をめくり、歯を見せた。鋭い犬歯が月明かりで光る。そこには、矯正器具のような金具が付いていた。

「口蓋に、小さなリスタが三つ格納されてます。ロッシさんが嚙み付くと、その魔力が付加効

果を与えるんです。熱傷を与える炎の牙、凍りつかせる氷の牙」

ん？　どこかで……

「あと、電撃で痺れさせる雷の牙、です」

なるほど、色々な相手に対してこうかばつぐんとなるように、工夫されているわけだ。

しかし、素晴らしい発明だな。牙でなく舌に魔力を流し込めば、舐めることによって相手を痺れさせるなんていうよからぬことができてしまうではないか！　俺も欲しい！

「あの……そういうのはよくないと思います……」

セレスが引き気味になって、隣でセレスの方をクンカクンカしている黒豚の背中に手を置いた。個人的にはそっちの豚を警戒した方がいい気もするが……。

まあ今は、あんまり与太話をしている場合でもないだろう。

黒豚が尻尾をピョコピョコ振りながら、こちらを見る。

――さてロリポさん、これからどう動くか、一緒に考えましょう。こちらへ来た途端にこんなことになってしまうなんて、全く予期していませんでしたからねぇ
〈そうすね。ノットを助け出すためには、とにかく北へ行って仲間を探すしかない。マーサのおばちゃんは、ミュニレスの「眠る仔馬亭」で落ち合おうと言ってましたけど……〉

ミュニレスは、バップサスから北へ一日ほど歩いたところにある大きな商業都市だ。俺とジエスも、バップサスでノットを旅の仲間にした日の夜に、ミュニレスへ立ち寄った。俺たちが

今いる油の谷は、バップサスとミュニレスの間にある。

セレスが、脚を嗅ぐロッシを撫でながら、説明する。

「ミュニレスは、南部の要所なので王朝軍の守りも固く、安全なはずです。ノットさん率いる解放軍の残党の方たちも、かなりの数が潜伏していると聞きました」

――でも待ってねセレたん。さっきバップサスを襲った兵は、どこから来たんだろう？

サノンが指摘する。それもそうだ。

〈あの軍勢が北部から進軍してきたとなると……ここより北側が今まで通りだという保証はない。ミュニレスもどうなっていることやら〉

――そうなんですよねぇ。いきなりバップサスだけ襲うということはないでしょう。小さな村です。ここより北側は、侵略されていると見た方がいい気がします
セレスは不安げに、しかしはっきりと言う。

「でも……ミュニレスは大きな街です。襲われれば何らかの報せがあるはずですし、逃げて来る方もいらっしゃると思うんです。それなのに、バップサスが襲われるまで、この辺りはとても平穏で……」

――そうだよねぇ……どうも、変な話だねぇ
気味の悪い話ではあるが、だからといってここでブヒブヒしているわけにもいくまい。俺は二人に伝える。

〈とりあえずは、様子を見ながら北を目指す。おばちゃんなり、解放軍の残党なりに合流しないと、セレスの身寄りがない〉

——そうですね、ノッくんがいるのも北方です。南下するのは避けたいですねぇ。ちょっと休んだら、川を渡ってミュニレスの方へ向かうことにしましょうか

サノンは真面目にそう伝えながら、ロッシの行動に紛れてセレスの脚を嗅ぐ。

「あの……私の脚、そんなににおいますか？」

セレスが不思議そうに訊き、黒豚はフゴフゴ鼻を鳴らして慌てる。

——いや、違うんだよセレたん。におうというよりは、いいにおいというか……

お巡りさん！　この人です！

セレスが首を傾げる。

「そういえば……くそどーてーさんも以前、私の脚をじっと見ていらっしゃいましたが……私の脚って、何か変でしょうか？」

お巡りさん、やっぱりちょっと待って！

〈いや別に、変とかじゃなくて……ついうっかり見てしまっただけで……〉

歯切れが悪くなる俺に、セレスは純粋に不思議そうな顔で追い打ちをかける。

「変でないなら、どうして脚に興味をもたれたんです……？」

この少女、男が説明しにくいところを詰めるのが得意なのだろうか？　諸君は、女の子の脚

に興味をもってしまう理由を説明できるだろうか。

慌ててサノンの方を見て、助けを求める。

黒豚のキラキラした目がセレスを見上げた。

——あのね、セレたん。肌っていうのは、健康状態を示す大切な指標なんだ。青白くなってたら血が回っていないということになるし、赤くなってたら血が普段よりも多く回っているということになる。どういう汗をどれくらいかいてるかも、いい判断材料になるよね。だから、肌がよく出ている脚に注目することは、セレたんの体調を知るうえでとても大切なことなんだ
セレスは唇にちょっと指を当てて、言う。

「それって……顔じゃダメなんでしょうか？」

サノンがしばし絶句する。もう言い逃れようがないだろう。俺たちの負けだ。

なんやかんやとサノンがセレスに言い訳している間にも、ロッシはセレスの生脚を容赦なく嗅ぎまわっている。諸君、勘違いしないでほしい。俺は別に、あの犬を羨ましがっているわけではないからな。

目を逸らして、谷底の渓流を見下ろす。俺は、セレスの脚を嗅いでいる場合ではないのだ。

——見境のない豚さんですね
——いいんですよ、別に。お好きな方を見ていてください
思い出すだけで、ハツが苦しくなってしまう声。

ノットの窮状、セレスの悲願、そしてこの世界の歪み——俺の構うべき問題は明確だが、それ以上に、忘れられないものがあるのだ。

ジェス。

再会できるとしたら、どんな顔で行けばいいのだろう。あんな別れ方をしておいて、「また来ちゃいました」で済むものだろうか？　そもそも俺は、ジェスとの面会を許可されるような立場にあるのだろうか……？　それ以前に、ジェスと会う可能性はあるのだろうか？

突然背中を触られて、ビクッとしてしまう。セレスが変態犬の攻撃をかわして、俺のすぐ隣まで来ていた。

「色々事情があるようですが……くそどーてーさんの願い、叶うといいですね」

不器用に、しかし優しく微笑むセレス。

俺はそろそろ、この少女に「くそどーてー」の意味を教えなければならないだろう。

＊＊＊

「……しょう……師匠…………師匠！　おいまさか……くたばってねえよな」

牢の床で死んだように寝ていると、バットの声が俺を起こした。相変わらず牢は薄暗く、今がどのくらいの時刻かも分からない。

「死なねえよ」

顔を向けると、無邪気な少年が安心したように笑うのが見えた。

「だよな！　何度だって立ち上がる、不屈の勇者！」

バットは傷んだリンゴを一つ、格子の隙間から差し入れる。これが今日の食事らしい。

礼を言って受け取り、檻に寄り掛かって、リンゴにかぶり付く。生き返るようだ。

「なあバット」

「何だ？」

「この地域の収容所で、イェスマはどういう扱いを受ける」

バットの顔が強張る。

収容所。北部が勢力を広げている秘密は、この仕組みにある。女、幼子、老人——立場の弱い者たちを収容所と呼ばれる区域に閉じ込め、人質にすることで、残された者たちを傀儡にするというわけだ。当然、逆らった者の人質に待っているのは、残酷な死だ。

収容所さえ死守すれば、その地域の支配権は北部勢力のものになる。だから収容所の維持は北部勢力にとって肝要である。しかし、膨大な人質の管理には労力が必要だし、かといって人質を死なせてしまえば、身内を失った者たちによる反乱が避けられない。だから収容所の維持のために、奴隷階級のイェスマが使われる。人質よりも立場の低い者として、人質たちの心の安静を保つ働きも、イェスマにはあるらしい。

「そりゃ……酷いもんだぜ。ここは収容所も大っきいからさ、それなりに男の人質とかもいるわけさ。そしたら……なあ、分かるだろ」

耐えがたいほど、胸が痛くなる。ヌリスから聞いた、収容所から脱走して捕縛されたというイェスマ。鞭打たれ、痣だらけだったという。そいつが何か、悪いことをしたのだろうか？

「……なあバット、腐ってると思わねえか？」

「え、リンゴか？　すまねえ、もらえたのはそれだけでさ……」

「違う、この世界が、だ。ぶっ壊したいと、思わねえか？」

「あ、ああ。そうだけどさ……」

逆らおうという意気込みを見せない。俺の前では明るく振舞っているが、きっとバットも、家族を人質に取られているのだろう。だからこうして、闘技場の地下で囚人に餌を与える仕事などをしているのだ。

「なあ、もし俺が消えたら……約束してくれねえか。動かなくたっていい。この腐った世界に対する違和感を、お前には捨てずにいてほしい……できるか？」

牢の中にいる俺が願いを託せる相手は、もうこの少年しかいないのだ。この世界は壊すべきだと伝えられる相手は、こいつだけだ。

首を捻って見ると、バットは闇の中で、怯えたように立ち竦んでいた。

「その約束が果たせるかどうかは、お前次第だ」

亡霊のような掠れた声が、闇の中から聞こえた。

バットは誰かに首根っこを摑まれているようだ。

あの拷問官──影のような老人が、金の檻のすぐ近くまで来ていた。

「調子はどうだ、若造。あの拷問を経験したのに、やけに元気そうじゃないか」

「何をしている、その子を放せ」

「それは難しい話だ。こいつは大切な舞台道具だからな」

何を言っている？

「王のお側付きの拷問官が、こんな血腥いところに何の用だ」

「急かさんでも、教えてやる。お前を絶望させたくて、わざわざここまで来たのだからな」

冷たい声だった。拷問官の金色の瞳が、それだけが光を放っているかのように、フードの闇の中からこちらを射抜いている。

「まずはいい話からだ。今朝、お前が狩人の頃よく立ち寄っていたという村を焼いた」

血の気が引く。バップサスが……？

「そう、バップサスだ。だが、お前が目をかけていたというイェスマは、逃がしてしまった」

混乱する。セレスのことを言っているのか？　なぜこいつは、セレスのことまで把握している。……いや、待て、冷静になるんだ。

「……嘘をつくんじゃねえ。バップサスはミュニレスより南にある村だ。お前たちの支配地域は、まだそんなところにまで及んでねえだろう」

「支配地域に近くなくとも、兵を派遣する方法はある。だが安心してほしい。セレスとやらはまだ生きているはずだ。もちろん、見つけ次第殺すがな」

老人は笑っているのか、肩を揺らす。バットは硬直して動かない。

「……お前は何がしてえんだ。なぜバップサスを襲った」

「お前を殺すのに一番いい方法を、探していたのだ。剣闘や拷問では埒が明かない」

「俺なら獣にでも食わせりゃいいだろうが」

「それではぬるい。お前は死んでも、お前の心は死なないではないか。お前には、絶望の中で死んでほしいのだ。わしは針の森で、大切な者をお前に斬り殺された。忘れてはいないだろうな……エンという男だ。大切なものを奪われる気持ちが、お前に分かるか？」

誰に訊いている、と思う。一方で、不可解に感じることがある。俺は解放軍の長として処刑されるのではないのか？　なぜ俺の処刑に、一拷問官の個人的な恨みが絡んでくる？

「勘のいいガキだな。あまりペラペラと話すのもよくないか。簡潔に伝える。次は悪い話だ」

カタカタと音が聞こえると思えば、バットの歯が、震えて音を立てているようだった。

「面白いことを思い付いてな。今日の昼、特別な見世物を行う」

嫌な予感がして、俺は口を開くこともできない。

「このバットとやらとお前に、剣闘をさせる。生き残るのは一人だけ。遅延して引き分けに持ち込めば、二人とも公開処刑にしてやろう」

鳥肌が立つ。そんな……

「いい反応じゃないか。せいぜい悩むんだな。お前が生きたければ、この小僧を殺すしかない。小僧を生かしたければ、お前が死ぬしかない。どうだ、苦しいだろう」

言い返そうと思っても、言葉が出てこない。

老人は無抵抗なバットを連れ去り、闇の中へと消えていった。

絶望感がひたひたと身体を包む。もっと生きていたかった。やりたいことはまだまだあった。

だが、少年を死なせるわけにはいかない。俺が先に、自ら命を絶つしかないのだ。

好きだった人のことを思い浮かべながら、音もなく涙が流れるのを感じた。

＊＊＊

――どうも……おかしいですねぇ

道端の草を食みながら、サノンが伝えてくる。

〈ですね。襲われた様子がない。バップサスの炎上を受けてか、物騒な雰囲気ですけど〉

夕方。俺たちは慎重に偵察をしてから、ミュニレスの街に入った。石畳の大きなメインストリートにパステルカラーの建物が並ぶ、大規模な商業都市だ。ただ、以前来たときほどの自由な活気はない。代わりに、赤い革製の防具と磨かれた鋭い槍で武装した兵士たちが出歩いている。セレスによると、彼らが王朝軍らしい。

「こうも兵隊さんがたくさん出歩いていると、ちょっと心配です。潜伏されている解放軍の方々は、ここにいづらくなるでしょうから……」

セレスは不安げにきょろきょろと辺りを見回し、ロッシがその生脚にぴったりとくっついて歩く。俺とサノンは、後方を警戒しながら豚のフリをしてその後を追っていた――というか、完全に豚なのだが。

以前一度だけ訪れたことがあるというセレスの案内で、俺たちは「眠る仔馬亭」に行った。到着して、ああ、と思う。ジェスとノットと俺で、以前宿泊した旅籠だ。薄茶色の外壁に花々が飾られた、こぎれいな建物。マーサのところと同じくパブを併設している。

パブに入ると、壁に掛けられた銀の紋章が見える。イエスマの首輪を、二本の剣を交差させた点に掛けて飾ったもの。特殊な魔法で守られた、イエスマ保護者の証である。

「ああ、よかった！　君がセレスだね？」

そう言ってこちらにやって来たのは、いかにも田舎にいそうな、白い口髭のオヤジだった。髪を麻布で覆っている。笑い皺のあるキラキラした目が、セレスの姿を捉えていた。

キャンキャン声がしたかと思うと、ロッシがオヤジに飛びついて、屈んだオヤジの顔をペロペロ舐め始めた。どうやらこのオヤジ、ロッシとはかなり仲がいいらしい。三ヶ月前、ジェスと一緒に泊まったときには、そこまで親しいようには見えなかったが……。

セレスがぺこりと挨拶をする。

「クロイトさんですね。こんばんはです」

「無事だったんだなあ。いやはや、安心したよ」

涎まみれの顔を袖で拭いながら、クロイトはセレスに微笑みかける。

「はい……なんとか逃げて来られました」

「そうかそうか。それはよかった」

ホッと息をついたのも束の間、クロイトは表情を引き締める。

「セレス、マーサのことなんだが……」

「……ええ」

「ちょっと、来てくれや」

そう言って、クロイトはセレスを奥へ誘う。ロッシに続いて、俺とサノンもついていった。何が待っているのだろう。いい予感はしなかった。

案内されたのは客室の一つ。クロイトがノックすると、中から「はいよ」としゃがれた声が聞こえてきた。

扉を開けると、誰かがベッドで横になっているのが見えた。どこか焦げ臭い気がする。

「マーサ様！　ご無事でしたか！」

そう言いながら、セレスはベッドに駆け寄った。

「命と首輪は、助かったねえ」

ベッドに寝ているのは、マーサだった。マーサの視線は、枕元に置かれた革袋へ向けられている。イースの首輪を入れた袋だ。

「命と……」

セレスはマーサを見たまま、固まっている。よく見ると、マーサの縮れた髪は、かなり不格好に短くなっていた。焦げているのだ。顔も、所々が赤くただれている。

「情けないねえ。馬で炎を越えようとしたら、見事に大火傷しちまったんだよ。死ぬ気でなんとか、ミュニレスに辿り着いたんだけどね」

「そんな……」

セレスの小さな声が漏れる。

落ち込むセレスに、クロイトは何かを差し出した。

「金はいらない。これ、使ってくれやい」

セレスはそれを受け取った。黒のリスタ——イェスマだけが使える、祈禱用の魔力源だった。

「ちょっとクロイト、そんなもん受け取れないよ。セレス、お返ししな」

言われたとおりにセレスがリスタを差し出すと、クロイトは後ろで手を組んだ。

「それは今日、偶然タダで手に入ったリスタなんだ。わしの家にもうイェスマはおらんし、あったところで使い道がない。一刻も早く、マーサを治してくれや」

タダで？　リスタは高価なもののはずだ。そんなことがあるのだろうか。だが、イェスマがいないのならば、イェスマにしか使えない黒のリスタを持っている理由はない。ふむ。

セレスがマーサの方を見る。マーサは微笑んで頷いた。

「お言葉に甘えようか。いつか恩返ししようね」

言われるとすぐに、セレスは枕元へ近寄って、床に膝をついた。リスタを両手で包み込んで、額に当てる。大きな目がそっと閉じられる。

沈黙。

しばらくすると、セレスが目を開き、マーサは上半身を起こした。髪は焦げたままだが、いつの間にか、火傷の痕がほぼ消えている。少し赤みが残っている程度だ。もともと赤ら顔なので、目立たない。

マーサがセレスの頭をくしゃくしゃと撫でる。

「ありがとうねえ、上手いじゃないか。おかげさまで、元気になったよ」

「よかったです。マーサ様には、ご恩がありますから……」

セレスは入り口に寄り掛かっているクロイトの方を振り返る。

「クロイトさん、ありがとうです。おかげさまで、マーサ様を治すことができました」

「いいってことよ。それはセレスにやるからさ、残った魔力は自由に使ってくれやい」

ニコニコと言って、クロイトは部屋を出ようとする。しかし、何か思い出したように踵を返して、セレスの方を向いた。

「そういや、朗報がある。セレスは聞いたかい？」

「……えっと」

「ノットが囚われていたのは知っていたっけ？　そのノットが今日の昼、闘技場から脱走したそうだ」

「えぇえ！　ノットさんが？」

セレスの声が裏返る。俺とサノンも豚同士で顔を見合わせた。衝撃のニュースだ。

「ついさっき、街へ報せが来てね。みんなあんまり大きな声では言わないけど、裏では大騒ぎさ。ミュニレスの商人たちは、みんな解放軍に好意的だからねぇ」

そうだったのか。俺たちの転移、バップサスの襲撃、ノットの脱走——とても偶然とは思えない事象の連続で、頭の整理がつかないが、吉報であることに変わりはないだろう。

つくづく、しぶとい奴だと思う。ノットの炎は、まだ燃えているのだ。

「あの、ノットさんは今、どちらにいらっしゃるんですか？」

セレスの前のめりな問いに対し、クロイトが戸惑い気味に返答する。

「それはどうだか……噂によると、ノットは闘技場から忽然と姿を消して、誰も行方を知らないらしいよ。これからどうするのか、気になるところだね」

セレスが小さな拳をぎゅっと握るのが見えた。

クロイトは続ける。

「だからって、わしら市民にはここでいつも通りの生活を続けることしかできないんだけどな。でもまあ、喜ばしいことには違いない。さて、仕事に戻るとしようかな。地下も片付けなきゃいけないし。セレスはここで、マーサの世話をしてやってくれやい」

大人しくしている獣三匹を一瞥(いちべつ)して、クロイトは戻ろうとする。

待てよ、と思った。

「ンゴンゴンゴンゴォw」

俺が大きな声を出すと、クロイトが少し驚いたように振り返る。

「おやおや、どうした豚さん」

〈セレス、このおっちゃんと話がしたい。中継してくれるか？〉

――えと……分かりましたです

セレスに豚の正体を明かしてもらった後、俺は本題に入った。

〈解放軍の残党の行き先を、教えてくれませんか〉

クロイトは驚きと不可解さの混じったような表情で俺を見る。

「待った待った、何の話だい」

〈クロイトさん、地下に解放軍の人たちを匿(かくま)っていたんでしょう〉

クロイトは不審そうに俺を見ている。

どうして知っているのか、と訝しんでいるようだが、いくつかの情報を繋ぎ合わせれば推測できることだ。セレスによると、この街に解放軍の残党が潜伏している——もしくはしていた——ことは確からしい。そして、以前俺と来たときはクロイトと仲良しでなかったロッシが、今日会ったときはクロイトにやたらなついていた。これは、俺がメステリアを去ってから戻ってくるまでの三ヶ月間で、ロッシとクロイト——もっと言えばロッシの飼い主であるノットとクロイトが、何度も会っていたということを暗示する。

そしてクロイトの発言。

——それは今日、偶然タダで手に入ったリスタなんだ

高価なリスタがタダで転がり込んでくることはまずないだろう。イエスマがいないなら、わざわざ買う理由もない。とすると、何かの対価として受け取った可能性が浮上する。では、誰から？　今日何があった？

——さて、仕事に戻るとしようかな。地下も片付けなきゃいけないし

このタイミングで「地下を片付ける」という作業が発生した理由を考えてみる。解放軍の者たちを地下に匿っていて、彼らがノット逃走の知らせを受け急遽旅立った、とすればどうだろう。解放軍は王朝に目を付けられている。証拠隠滅のためにも、地下を早めに片付けなければならないのだ。

サノンがンゴ、と鼻を鳴らす。

──私からも、お願いです。セレスちゃんは、ノットくんに会いたがっています。なんとか、解放軍のみんなと接触できる手掛かりが欲しいんです

クロイトは白い口髭の下で唇を嚙み、悩んでいる様子だった。押せば行ける、と直感した。

そのとき、ベッドが軋んで、マーサがこちらに顔を向けた。

「ねえサノン。そういうことは、セレスの主人であるあたしに話を通してから頼むべきじゃないのかい」

協力的とも否定的とも捉えかねる、優しくたしなめるような口調だった。

──そうでした。マーサさん、ぜひとも、ぜひともお願いします

「セレスを遠くへやるのはあり得ない、と、あたしゃそう言ったはずだよね」

セレスは目を伏せ下を向く。その横で、黒豚は毅然とマーサを直視している。

──それは、仕事場であるあの旅籠があった場合の話でした。ですが先の戦火で、旅籠は燃えてしまいました

白々しく堂々と主張するサノンには、豚とは思えない迫力があった。

「確かにねえ、それはそうだろうね。でもまさか、忘れたわけじゃないだろう？　この前、あんたがセレスを連れ出して、解放軍の戦に連れていくことを許可したとき、何が起こったか。セレスは大した役にも立たないまま、岩地の戦いで殺されそうになったじゃないか」

――いえ、セレスちゃんは役に立ちました。遠隔で思考を中継し、祈禱で人を癒すことのできるイエスマの子たちは、戦の後方支援として大変重要な存在です。綿密な連携のためにイエスマはいくらいても足りないくらいですし、ことノットくんを癒す能力に関しては、セレスちゃんがずば抜けています。セレスちゃんは、解放軍にとって必要な存在なんです

ん？　ノットを癒す能力に関してはセレスがずば抜けている、とはどういう意味だろうか？

セレスを見ると、なぜか頬をピンク色に染めている。

マーサはしばらく黙っていたが、やがて「セレス」と呼びかける。

「お前は本当に、行きたいのかい？」

セレスはマーサを見て、コクンと頷いた。

「死ぬかもしれないんだよ。それにこのご時世、北部の連中に捕まったら、頭がおかしくなるまで乱暴されて、麻酔もなしに腹を切り裂かれたっておかしくない。それでも行きたいっていうのかい？」

「……はい。ここでじっと待っているよりは、ずっといいです」

マーサは諦めたように眉を上げる。

「そうかい……家も燃えちまったみたいだし、こんな宿無しのそばにずっといさせるわけにもいかないね。ノットたちは、本当に偉大なことをしようとしてる。セレスがその力になるってなら、あたしにとっても誇らしいことだ」

「ではマーサ様……」

「ああ、行っておいで。クロイト、この子たちに行き先を」

クロイトの白い眉が、困ったように八の字を描く。

「いや、そういうことなら協力したいけどもさ……確かにわしは、あの子たちをこの地下に匿ってはいた。だがあの子たちに肩入れしているとはいえ、わしゃマーサと同じで、あくまで王朝の統治のもと、大人しく生きてる一般市民なのさ。こっそりお世話はしていたけども……あの子たちの活動については、ほとんど何も分からないんだよ。行き先も聞いてない」

サノンが熱心に訴える。

――でも、接触はしていたのでしょう？　解放軍の子たちがノットくんのもとに合流しようと街を出たことは、明らかです。どの方面へ向かったのか、手掛かりとなることをご存知なのではありませんか？

クロイトは首を振る。

「このご時世、あの子たちはとても慎重になっている。情報の共有はごく一部の人間に留めているようだよ。『お世話になりました』、わしはそれだけしか聞いていないんだ。あの子たちが急いで出て行った後、少し遅れてノット脱走の噂を耳にして、わしはようやくなるほどと思った。あの子たちのことだからね、もうかなり遠くへ行ってしまっているんじゃないかな」

諦めて、ここで平和にしていればいいのに。そう俺たちを諭しているようにも聞こえた。

セレスがしょんぼりと肩を落とす。

「そうですか……それなら仕方ないです」

まあ、セレスはここにいた方が安全だというのは、炭火を見るよりも明らかだろう。

しかし。

ジェスと一緒にマーサの旅籠を訪れたことを思い出す。俺はノットを引き留めたいセレスを半分騙すような形で、ジェスのためにノットを同行させた。そのときセレスは、俺の言い分をのみ、笑顔で俺たちを見送ってくれた。

――豚さんも、願いが叶うといいですね

セレスの言葉を思い出す。

今度は俺が、セレスの願いを叶えてやる番だ。

〈クロイトさん、解放軍の人たちがいた場所を、見せてもらうことはできますよね〉

もう空っぽだよ、と言いながらも、クロイトは俺たちを裏口から地下室に案内してくれた。

広い空間は、もぬけの殻。木製の三段ベッドが壁際に六つ並び、ボロボロのソファーがいくつか乱雑に置かれている。中央には大きな正方形の机がある。

少女一人と獣三匹を残して、クロイトは仕事に戻っていった。

〈さて、推理の時間だ〉

俺は意気込んでみる。

「推理……解放軍のみなさんがどこへ行ったか、考えてくださるということですか？」

〈そうだセレス。そして俺には、絶対の自信がある〉

言うと、サノンが俺を見てくる。

──それはまた……なぜでしょう
〈においです。場所当ては大雑把でいい。あとは寝具のにおいさえあれば〉

──なるほど！

サノンは納得するが、セレスはポカンとしている。説明しよう。

〈セレス、犬や豚の嗅覚っていうのは、人間のそれと比較にならないくらい鋭いんだ。何万分の一という薄いにおいを感知することができるし、違うにおいを嗅ぎ分けることにも長けている。例えば、セレスがここから歩いて移動したとすれば、一日中歩いたような長い道のりだったとしても、地面に残ったわずかなにおいを辿ってセレスの居場所まで行けるわけだ。それに、セレスがどこで何を食べたかも把握できるし、どこでお花を摘んだかまで、バッチリ分かってしまう〉

セレスの顔が固まった。いけない、うっかり口が滑った。

「サノンさん、あのときはやっぱり……」

――ち、違うよセレたん。あれは偶然嗅いでしまっただけで……

黒豚がワタワタと動く。何があったか知らないが、とりあえず、現代日本に帰ったら真っ先にこのロリコンを警察へ連れていかなければならない。

〈ともかく。ここでやるべきことは、解放軍の行方に大雑把でいいから見当をつけること。そして、においのついているものをできるだけ集めること。簡単だ〉

そう伝えながら、部屋を歩き回る。

〈ん、この紐きれ……〉

癖のついた、結び目のある麻紐の切れ端が落ちていたので、嗅いでみる。

〈セレス、メステリアでは、通信に鳥を使うか？〉

「……はい、急ぎの連絡のときなどは、特に」

〈この紐からは、鳥のにおいがする。おそらくノットが脱走したという連絡を送るときに、鳥の脚に紙を結わえるのに使ったものだろう〉

――本当ですか？

黒豚が近寄ってきて、俺の嗅いでいた紐を嗅ぐ。

――確かに、鳥のにおいがしますねぇ

セレスは苦笑いしながら股間を押さえている。本当に、何があったんだ？

ロッシが尻尾を振りながら俺たちの方へやってきて、俺たちを真似て紐のにおいを嗅ぐ。そしてすぐに離れていき、部屋中を嗅ぎまわり始めた。

驚いた。俺もまさに、同じことをしようとしていたからだ。これと同じにおいを探せば、もしかすると、手掛かりが見つかるかもしれない。分かってやっているとすれば、犬離れした思考力だ。

「ワン！」

ロッシが一声鳴いて、小さな紙の切れ端を咥えてくる。地面に落とされたそれを見ると、切手より少し大きいくらいの、丸まり癖のついた紙だった。中央にただ、二重丸が書かれている。

急いで紙を嗅いでみる。羊皮紙だろうか、獣のにおいが強い。しかしその上から、焦げたにおいと、鳥小屋のようなにおいを確かに感じ取った。

〈セレス！　サノンさん！　これ！〉

二人を呼ぶ。セレスが紙を拾い上げる。

「これは……」

セレスがそう言っているうちに、ロッシがもう一枚同じものを咥えてきた。こちらにも二重丸が書かれている。

――これは、ノッくんたちがよく使っていた暗号ですねぇ。意味は「集え」

俺は考える。

〈どうやら、同じものが複数あるらしい。何羽かの鳥を同時に使って、複数人に向けて送ったんだろう。急ぎの用であったとも、絶対に届けたかったとも、その両方とも取れる。ノットが脱走した日に解放軍の残党が急いで旅立ったことを考えれば、これは「至急ノットのもとに集え」という意味だったと推測することができる〉

――インクではなくて、わざわざ羊皮紙を焦がして書いているみたいですねぇ

とサノンが気付いた。焦げたにおいの正体は、それか。

「ノットさんが、双剣の炎で焼き付けたんじゃないですか？」

セレスの言葉に、俺たち豚は二匹揃って頷く。サノンが考える。

――では、場所はどこか、ということになりますねぇ。情報としては、二重丸しかないわけですが

〈逆に考えましょうよ。解放軍の残党たちは、二重丸だけで行き先を決めたわけだ。居場所を鳥で送るのはリスクが高いし、ここは各地に散らばった解放軍の残党が、このメッセージから最も合理的に導かれる場所に集合すると、そう考えればいい〉

――なるほど。では私たちも、合理的に考えてみましょう

俺は頷く。

〈まず、ノットは一刻も早く北部の支配地域から抜け出したいはずだ。逃げる先には、解放軍や協力者がより多い場所を好むと考えるのが自然〉

「解放軍寄りの勢力は、メステリア中央にある王都に対して、南東側にまとまってます。あえ

て西側へ行く理由はないですし、王朝を囲む針の森より東側に行くと考えたらどうですか」

〈ナイスだセレス。ちなみに、北部勢力（ノザン）の支配地域と王朝の支配地域との境目は、東側で言うと、現状どのあたりにあるんだ？〉

「つい最近、東部のニアベルという大きな港湾都市を、王朝軍が奪還したと聞きました。ニアベルは、地理的に孤立したところを落とされたそうなので……現状、ニアベルからさらに少し北へ行ったマットーという山城の村が、最前線だと思います」

さすが、詳しい。それだけ外のことが気になっていたのだろう。

〈解放軍としては、北部勢力（ノザン）の支配地域の外で、できるだけ早くノットを迎えることを優先するはずだな。しかし最前線は、王朝軍が集中していて危ない〉

それだ、という予感がする。サノンも同感のようで、こちらに頷（うなず）いてくる。

――「集え」というメッセージ……大勢が集まるならば、大きな街の方がいいですよね
「と、いうことは、つまり……」

セレスがこちらに、大きな目を向けてくる。

〈ああ。目指すべき場所は、ニアベルだ〉

ベッドに腰かけ、マーサは真剣な目をしていた。

「セレス。本当に行くのかい」

「はい……ごめんなさいです」

セレスは申し訳なさそうに、眉根を寄せている。

マーサはしばらく黙っていたが、やがて口を開いた。

「残念だねえ、こんな図体じゃ、ついて行ってやれないよ」

「マーサ様……」

「命を大切にするんだよ」

「はい」

「それにそこの豚さんたちよ」

マーサに呼ばれて、俺と黒豚はテコテコと近くへ寄る。

「あたしゃ豚料理が得意なんだ。セレスを無事帰さなかったら、分かるね？」

ひい。

〈命を懸けて、守りますよ〉

俺に続いて、サノンも伝える。

——私も、セレスちゃんからは、一秒たりとも目を離しません

それは大丈夫なのか……？

「頼んだよ」

頼んでしまった！

日も暮れていたので、翌朝、日の出とともに、俺たちはニアベルを目指して旅立った。セレスが豚の背中に乗れば、三日ほどで着く見込みらしい。

旅立ちの日。きれいな薄青色の空の向こうには、どんよりとした不穏な雲が漂っていた。

＊＊＊

俺を迎えに来たのはヌリスだった。双剣を持っている。イースの骨を使った双剣。イースの燃やす炎で、俺はイースのもとへ帰るのだ。

——時間がない、手短に伝える。こちらは見るな

脳内で、ヌリスの淡々とした声が聞こえた。

——この双剣には、特殊なリスタが入っている。一つにつき一発だけ、巨大な魔力を放出するものだ

無表情で、ヌリスは俺を拘束する。双剣を見た。赤色が中心部に集まっており、周縁部は無色に近い。

——どちらかの剣を地面に向けて振るえば、空高く飛翔（ひしょう）することができる。あのバットという少年を連れて行くことも、ギリギリできる魔力だ。着地のときは、もう一方を地面に向けて振

るぇ。落下する速度を打ち消し、死なずに着地できるステージへと上がる昇降機に向かって歩く。信じられない気分だった。脱走できるのだ。

──すまねえ、恩に着る

──失敗は許されない

──承知した

リフトの前に来る。刑務官が、一本の小さな剣を持っている。なぜだろうか。

俺の桎梏を外していたヌリスがピクリと反応し、刑務官を見る。刑務官は顔面を覆うヘルメットの向こうでニヤリと笑い、俺とヌリスを、まとめて昇降機に放り込み、持っていた剣をヌリスの横に投げた。

ガチャガチャと鎖が鳴り、昇降機が俺たち二人をステージへと持ち上げる。

メッセージは明確だった。自殺すればいいなどという甘い仕打ちで、済むはずがなかったのだ。生き残るのは一人だけ。俺が死んでも、バットかヌリスのどちらかは死ななければならないということだろう。この残酷な仕打ちのために、バットやヌリスは俺の周囲に配置されていたのかもしれない。

しかし、問題はそこではない。このリスタの力は、俺とバットをギリギリ飛ばせる程度。誰か一人は、闘技場に残される。

昇降機は否応なく砂敷きのステージまで上がり、俺はいつものように目を細める。

晴天だ。風が強い。土煙が上がっている。上から差す日光、砂からの照り返し。

円形の闘技場は何千という観客で埋められている。楕円形のステージを囲んで、せり上がる壁のような客席が俺たちを見下ろしている。

顔のない市民たち。強制的に見させられているのか、血を求めて自分からやって来たのか。俺の死を願っているのか、俺の残酷な勝利を願っているのか。誰も俺には語らない。届いてくるのはただ、内容の分からない怒声と罵声と歓声だけだ。

昇降機が止まると、ヌリスは無感情に剣を拾い上げ、俺から離れていった。背中は語る。

——私を置いていけ

唇を噛む。そんなこと、できるはずがないじゃないか。どうする。どうすれば全員が助かる？

サノンのことが脳裏に浮かぶ。あの人はどんなに不利な状況でも、決して諦めなかった。俺を助けてくれた。最後は命を懸けて、セレスや仲間を逃がしてくれた。

考えろ。考えるんだ。

——まずはあの少年を止めろ

ヌリスの声が脳内に響いた。

闘技場が残酷な歓声に包まれる。土煙の向こう、反対側の昇降機がせり上がってきて、呆然と立ち尽くすバットが、ステージに現れた。その小さな手に持った剣が鈍く光る。

ヌリスのメッセージを解釈するのに、時間はかからなかった。俺は観衆の視線をいっぱいに浴びながら、バットのもとへ一直線に走った。バットの細い両腕がゆっくりと持ち上がり、自身の首に剣を当てがう。

「やめろ！」

叫びながらも、俺はバットに肉薄していた。バットの剣の柄を摑んでひねり、首から刃を引き離す。そのまま剣先を地面に向けて突くと、バットの体勢は前のめりに崩れる。肘でバットの肩を押しながら、剣を取り上げる。バットは地面に転がった。

バットの剣を遠くに投げ捨てる。ステージは砂敷きだが、その下は木張りだ。剣は見事に、地面へ突き刺さった。

罵声が聞こえてくる。殺せという意味だろう。

「安心しろバット。俺たちは、ここから逃げるんだ」

できるだけ口を動かさずにそう伝えると、涙で滲んだバットの目が驚きに見開かれた。無様に転がったバットに、口の端で微笑みかける。もう大丈夫だ、俺が助けてやる、と。

あとはどうやって、三人で脱出するかだ。

いや、違う。

そのとき俺は気が付いた。もう遅いということに——イェスマがどんな種族だったかということに。

急いで振り返ると、ヌリスの身体がぐらりと傾くのが視界に入った。腹には剣が突き立っている。遠くからでも、ボロボロの服に赤い血が広がっていくのが見えた。自分で自分を刺したのだ。土煙の向こうで、一人のイェスマの命が失われていく。歓声や罵声が遠ざかり、時が止まったように感じる。

少女の身体はうつ伏せに投げ出され、それっきり、動かなくなった。

闘技場が罵声の嵐で包まれた。怒りと絶望を押し殺すと、涙が滲んでくる。見ているか、老いぼれの拷問官。これがお前の望んだ光景だ。

だが、悲しんでいる暇はない。右手の剣を鞘から抜いて、空を見上げる。青い空。未来への入り口だ。

……ん？

青色の空に、一瞬、奇妙な形の影が映った。大きな翼、長い尻尾。まさか。

次の瞬間、闘技場の外縁部から、石積みの崩れる音が聞こえてきた。何かの咆哮。空色に発光していた体色がどす黒く戻っていき、その正体を現す。紛れもない、あまりに巨大なその姿。本の挿絵でしか見たことがなかった伝説上の生き物。龍だ。炎を吐く、暴虐の怪物。人間を丸呑みにしてしまうような巨大な口には、びっしりと鋭い牙が並んでいる。硬い鱗に覆われた細身の巨体。広い翼。棘だらけの長い尾。

闘技場の罵声は悲鳴に変わった。

龍は闘技場の縁にとまると、こちらに向けて大きく口を開く。

まずい！

とっさにバットを引き寄せ、回避しようとする。ダメだ、間に合わない。このままでは炎が直撃する。空へ逃げるしかない。

「飛ぶぞ、放すな」

そう言って、バットを強く抱き寄せる。

呆気（あっけ）にとられた顔をしていたバットも、急いで俺の首に手を回してきた。俺は不自由な左腕でバットを抱え、右手の剣を強く振り下ろす。

木の床が張り裂ける衝撃音とともに、うっ、と内臓を引っ張られるような感覚がした。俺とバットはとてつもない速さで風を切り、空に向かって上昇を始めていた。途端に視界が黒く染まる——何だ？

黒いものが消える。見下ろすと、闘技場内全体が黒煙に包まれていた。龍が、炎ではなく黒煙を吐いたのだろう。しかし、なぜ炎ではない？　龍などという伝説上の生き物を操れるのは魔法使いのいる王朝だけだろう。王朝は俺を殺そうとしているはずだ。それなのに龍は、殺傷能力のない煙を吐いた。なぜだ？　そもそも龍は、何のために来た？

斜めに飛び出した俺たちは、弧を描いて闘技場の外縁を越える。高さにはだいぶ余裕があった。これならヌリスだって、連れて行けたかもしれない……。

しかし、もう遅い。すでに降下が始まっている。俺は右手の剣を鞘に戻し、もう一方の剣を抜いた。落下する先は森だ。方向くらいは計算してある。木々が迫ってきた。

枝葉へぶつかる前に、剣を振るう。身体が強い反発力に包まれた。続く痛みに目をつぶる。

上も下も分からないような、衝撃の渦に身をもまれた。

地面を転がって、木の幹へ衝突したようだ。目を開けると、森の中にいる。

「バット、平気か」

首にしがみついていた腕を引き剝がして起き上がると、地面の少年は目をこする。

「すっげーな、何だったんだ、今の」

ホッと息をつく。

「特殊なリスタを使って、空から闘技場を脱出したんだ。身体は大丈夫か？」

「ああ、おいらは大丈夫だけど……」

バットが起き上がりながら、不思議そうに俺の目を見る。

「どうして師匠は、泣いてるんだ？」

# 断三章　大切なとき

the story of a man turned into a pig.

目を覚まします。私はベッドで横になっていました。

窓の外には澄み切った青い空が広がっています。もうお昼時のようです。

どれくらい眠っていたのでしょう。いつ眠り始めたのかも、よく憶(おぼ)えていません――いえ、イーヴィス様の寝室で、ノットさんのことを考えていたのでした。その途端に目の前が真っ白になって……

やはり、そうなのでしょうか。封印されたページには、ノットさんのことが書かれているのでしょうか。だから思い出そうとしたときに、意識が飛んでしまったのでしょうか。

ベッドから降り、スリッパに足を入れると、どこからともなく、リンリンとベルの鳴る音が聞こえました。何でしょう、と思っていると、バタンと音がして、それからトタトタと駆けてくる足音が続き、私の寝室の扉が開きました。

「起きたんですね、ジェス……よかった……」

ヴィースさんでした。ベルの音の意味に気付きます。スリッパに仕掛けられた魔法が、ヴィースさんに私の起床をお知らせしたのでしょう。

「ごめんなさい、私はどれくらい――」

「丸一日以上、寝ていたんですよ。あんまり無理をするから……」

「えっと……私、無理なんてしたでしょうか？」

「炎の魔法ですよ。実験室を見てみたら、奥向を焼き尽くそうかという量の燃料を作っていたじゃありませんか。天井も煤だらけで……窒息しなかったのが奇跡です」

「ごめんなさい……でも、燃焼に呼吸と同じ空気の出入りがあることは、本で学んでいました。ですから、風を操って換気をしていたんです。それに、より高温の炎を起こす練習のときは、吸素を創造し、燃料に混ぜていました。息が苦しくなるようなことなんて一度も……」

驚いたような、呆れたような顔で、ヴィースさんはこちらを見ます。

「あの……そういう問題じゃありませんよね……すみませんでした」

ヴィースさんは大きく溜息をつきます。

「好奇心旺盛なのはよいことです。しかし早々とエクディッサが起こってしまったのですから、今後はより一層、気を付けなければいけませんよ」

ハッと、私は息を呑みます。

脱魔法。

若い魔法使いは、魔力をたくさん放出したり、魔力が高ぶったりすると、気を失ってしまうことがあるようです。次に目を覚ますときには、魔力の質や量がそれまでとは段違いに上がっている——この現象を、「脱魔法（エクディツサ）」と呼びます。滅多に起こるものではなく、シュラヴィスさんはまだ三回、ヴィースさんでさえも七回しか経験していないと聞きました。

ちなみに、最強の魔法使いであるマーキスさんは一九回、最高の魔法使いであるイーヴィス様は二一回、脱魔法（エクディツサ）を経験なさっているそうです。暗黒時代を終わらせた伝説の魔法使いヴァティス様は、本当かどうか知りませんが、四三回脱魔法（エクディツサ）を経たと、歴史書に書いてありました。

「ジェス、イーヴィス様へ報告しに行きなさい。きっとお喜びくださるはずです」

そうでした。私はイーヴィス様の前で突然倒れ、そのまま眠ってしまったのでした。心配をおかけしたでしょう。すぐにでも、ご報告をしに伺わなければなりません。

はいと返事をして、私は王の寝室へと急ぎました。

イーヴィス様は、より一層やつれていらっしゃるご様子でした。最初は右腕にしかなかった蔦（つた）の絡（から）まったような黒い跡が、襟元にも覗（のぞ）いています。

私が伺ったとき、イーヴィス様はぼうっと窓の外を眺めていました。

「ジェス。よくなったか」

椅子一脚がひとりでに、ベッド脇まで移動します。しかしその動きは、少し緩慢でした。

「おかげさまで、この通り元気です。ご心配をおかけして、申し訳ありませんでした」

「よいのだ。それにしてもやはり、私が見込んだだけのことはあるようだ。もう二度目の脱魔法（エクディツサ）とは……」

あれ？

「えっと……脱魔法は、今回が初めてです」

「座りなさい。話をしよう」

そう言われて、椅子に腰掛けます。お具合が悪く、記憶違いをなさっているのではないかと心配になりました。

「ジェス、私がお前の記憶を封じておることは、知っておるな」

「……ええ」

「実はその記憶の封印は、最初の脱魔法の後に行なったのだ。脱魔法の直後、魔法使いの身体からはすべての魔法が去り、防衛機構も止まり、言わば無防備な状態となる。その瞬間に、キルトリン家を出てから脱魔法の起こったその日までの記憶を、封印した」

「そう……だったんですね」

「今回の脱魔法の際、私の封印魔法も解けてしまったから、その封印を再びかけ直した。なぜそこまで記憶にこだわるのか、疑問に思うのは当然だ。大切な記憶を隠されて、憤ったとしても驚きはせん」

「憤るだなんて、そんな……理由があってのことだと聞いていますし、その理由がもっともなものだろうということは、みなさんのお人柄から理解しています」

「素晴らしい心の持ち主だ。しかし、好奇心旺盛なジェスのことだ、封印された記憶の内容がどんなものであるのか、気になってはおるのだろう？」

「……はい、正直なところ」

「自然なことだ。しかし私も、おいそれと封印を解いてやるつもりはないし、内容を教えてやるわけにもいかぬ。ただ、一つ教えよう。ジェスの記憶は、消されたわけではない。封印されているだけだ。ジェスの優秀な魔力と底なしの好奇心がその封印を解いてしまうとき、我々はそれを止めはせん」

私は気付きました。イーヴィス様は二度目の脱魔法（エクディツサ）を迎えた私に、いつか自力で記憶を取り戻せとおっしゃっているのです。

「……無論、いくらジェスの魔力とはいえ、まだ私の封印を解くまでに至ってはおらぬだろうとは言っておく。あと一度か二度は脱魔法（エクディツサ）を経ないと、その域に達しはせんだろう」

「そうですか、分かりました」

自分でも、肩が落ちるのが分かります。

静かな寝室に、イーヴィス様の掠（かす）れた呼吸音だけが響きます。

「……あの」

どうしても気になることがあったので、口を開きます。

「イーヴィス様は、私が優秀だとおっしゃいます。でも私は、まだそれほど魔法が使えるわけでもありませんし、特別賢いわけでもありません。何をもって、私が優秀だと判断されるのですか」

やつれたイーヴィス様のお顔が、笑います。

「二つある。一つはジェスの、類稀なる好奇心、探究心。新しいことを自分で見つけなくともよいこの時代に、誰に似たのか、それでもなお全力で真理を追求しようとする。その才能は、とても貴重なものなのだ」

「はい」

そう答えながらも、私はあまり納得していません。

「信じておらぬ顔だな。それももっとも。イエスマ時代のジェスを見出したのは、もう一つの理由からなのだ」

唾をゴクリと飲んで、私は頷きます。

「ジェス、お前の切実な祈りの力は、史上例を見ないような奇跡を起こしたのだよ」

なぜかは分かりません。きれいな星空のイメージが浮かんできました。

「私の祈りは、何を起こしたのですか」

「それは言えぬ。ジェスの記憶を封印した理由に、直結するからだ」

「そう……ですか」

私は落胆しましたが、ふと、誰かに言われた言葉を思い出しました。

——いいんじゃないか。自分勝手でも。星に祈る自由は誰にだってあるでも誰に言われたのかは、どうしても思い出せません。

そのとき、イーヴィス様の枕元に置いてあった水晶玉が、突然赤く輝きました。イーヴィス様はそれに手を当てて目を閉じ、どなたかと魔法で長い間交信した後、シュラヴィスさんを呼び出しました。私はそのまま、おそばに残っていました。

「おじい様、ご用ですか」

訓練中だったのか、黒い革製の防具をつけたままのシュラヴィスさんが、寝室に駆け込んできました。

「マーキスから連絡が来た。座りなさい」

椅子がもう一脚、私の隣へと移動します。椅子は途中でバランスを崩しかけましたが、なんとか私の横までやって来ました。シュラヴィスさんは不安そうにイーヴィス様のお顔を窺って から、私のすぐ隣に座ります。シュラヴィスさんのたくましい腕と、私の肩が、今にも触れ合いそうです。シュラヴィスさんは私の視線に気付くと、椅子を離して座り直しました。

「父上から、どのような話が？　北部勢力を崩す手筈が整ったのでしょうか」

「いや、それはまだのようだ」

「では何を……？」

「事態が急変した。潜入が続けにくくなり、やむを得ず龍を使って撹乱したらしい。マーキスはそのまま残って、アロガンたちの動きから早急に北部の統治構造を暴くつもりのようだ」

「私には、何のお手伝いができますか」

「それが……騒動に紛れて、ノットが逃走してしまったというのだ」

「逃走？」

私とシュラヴィスさんの声が重なります。

「首尾よく、マーキスがノットに位置魔法を仕込んでいる。それに応じるように私が地図を作るから、シュラヴィスにはこれからしばらく、ノットの偵察を頼みたいのだ」

「反逆者を見張れということですか？」

「そうだ。外でのお前の初仕事になるな。だが、殺す必要はないし、戦う必要もない。解放軍は近いうちに、ノットのもとで合流するに違いない。それを安全な場所から監視してほしいだけだ。後処理はマーキスがやる。できるな？」

「できますが……突然のことで……」

「不安か」

「……いえ、そんなことは」

シュラヴィスさんは真剣な顔で首を振ります。不安なようです。

聞いているだけの私でしたが、思い切って、声を出してみます。

「私も……行ってはいけませんでしょうか」

無言。イーヴィス様もシュラヴィスさんも、驚いた様子で私を見ています。

「行きたいのか、ジェス」

落ち窪んだイーヴィス様の目の奥から、灰色の瞳が私へと向けられます。

「いえ、シュラヴィスさんのお力になれれば、と思って……」

「王を相手に嘘をつくものではないぞ、ジェス。老いて呪われ衰弱してもなお、我が魔力は健在だ」

「ご、ごめんなさい！」

イーヴィス様は掠れた声で笑います。

「冗談だ。恐縮するでない、我が孫娘よ。そなたがノットや外の世界に興味をもつのも当然だ。それを隠す方がよろしくない。正直なのが、ジェスの取り柄」

「……はい」

心臓がドキドキしています。余計なことを、言ってしまったでしょうか。

「シュラヴィスにヴィースを付けるか迷っていたが……好都合だ、やめるとしよう。いい加減、乳離れも必要だ。ジェス、行きたいなら行きなさい」

「おじい様、しかし外は……」

「危険なのは承知のうえだ。それはお前を出すのにも言えること。私としては、ジェスとお前なら安心だ。それに、仲を深めるいい機会にもなるだろう」

シュラヴィスさんの椅子がガタリと音を立てます。見ると、お顔が赤く染まっているのが分かりました。

「おじい様、今は戦争中です。そのようなご冗談を……」

「冗談を笑えぬのが、お前やマーキスの悪いところだ。その点すべて、ホーティスが持って行ってしまったのかもしれんな」

イーヴィス様の笑いは、もはや冬の隙間風のような音でした。

「私は決めた。用意を整え、明日の夜明け前に出発するのだ。シュラヴィスとジェス、お前たち二人で」

断られるだろうと思いながら口に出した提案でしたが、まさかのまさか、受け入れられてしまいました。私は勢いよく、「はい！」とお返事をしました。

少し遅れて、シュラヴィスさんが頷きます。

「承知しました、おじい様」

でも、と思います。もし私の記憶にノットさんが関わっているのだとすれば、私をノットさんのところへやるのは、記憶の封印と相反する行為です。ノットさんは、私とは関係がないのでしょうか？　それともイーヴィス様は、あえて記憶を刺激しようとしているのでしょうか？

イーヴィス様はただ、黙って微笑んでいらっしゃいました。

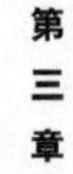

# 第三章　人生は何が起こるか分からない

ニアベルは、黒い石の街だった。海沿いに石造りの砦が続き、夕刻の黒い海には大小様々な帆船が所狭しと並んでいる。暗い灰色の石を積んで建てられた港の家々は潮風でまだらに色づいており、その間を迷路のように入り組んだ石畳の道が走る。軒先に吊るされたランタンが、ちらほらと暖色の光を灯し始めていた。旅で疲れた体に、涼しい潮風が沁みる。

大きな街だったが、それに比べて人は少ないようだ。

ロリ、豚、黒豚、犬という奇妙なパーティーは、丸三日の旅を終えて、ようやく目的地のニアベルへとやってきた。セレスが黒豚に、手に持った黒いおパンツを嗅がせている。

「……どうですか？」

――いいにお――じゃなくて、同じにおいが街にもするんだけどね、一本道じゃないから、追うのが難しいな

おパンツをクンクン嗅ぎながら、サノンが伝える。どう見ても変態だが、これには一応正当な理由がある。「眠る仔馬亭」の地下にはいくつか手掛かりがあり、サノンがその中からノットの側近の持ち物を特定したところ、イツネという女の靴下とおパンツ、そしてその弟ヨシュ

の枕カバーが見つかったのだ。三匹でにおいを手分けすることになったのだが、俺は見境のある豚さんだったので、真っ先に少年の枕カバーを選んだ。サノンが「それじゃあ仕方ありませんね」とおパンツを選び、ロッシは残りの靴下を担当することになった。サノンが靴下でなくておパンツを選んだ理由は、誰も追及しなかった。

おパンツを嗅ぐ変態黒豚と靴下を嗅ぐ変態犬の横で、俺は枕カバーを嗅ぐ。こちらは男子高校生の枕に柑橘(かんきつ)系の香りを足したようなにおいだ。サノンの言う通り、確かに街のところどころにその香りを見つけることはあるのだが、途切れたり分岐したりして一本道にはなっていないため、そのにおいの持ち主がどこにいるかまでは特定できない。

拠点となっている場所があればその周辺ににおいがまとまっていてもおかしくないのだが、なぜかそういうところもない。

もう日が暮れてしまう。困って街をグルグルしていると、ふと黒豚が食堂のテラス席を嗅ぎ始めた。漂ってくるシーフードのにおいに、ガツがきゅっとなる。

——ロリポさん、来てください

言われて、そちらへ向かう。

〈何か見つけました?〉

黒豚は椅子をもう一度嗅いでから、俺を見た。

——この椅子の座面から、ツネたんのお尻の香りがするんです

〈あ、そうすか……〉

――おパンツのにおいを選んで正解でした。ツネたんは、このお店を訪れたようですねぇ

なるほど。椅子にはお尻で座るので、長時間滞在した場所を特定したいなら、おパンツのにおいを手掛かりにするのも、まあ悪くはないのかもしれない。特殊な嗜好を後付けで正当化されたされた気もするが、重要なことなので俺も真剣に考えよう。とりあえず、椅子の足元に鼻を近づける。

これは……

〈タールのにおいがします。かなり強い〉

柑橘系のあのにおいもあった。そのにおいと重なるようにして、強烈なタールがにおう。

「たーる……？」

セレスには馴染みがないようだ。説明する。

〈空気を絶って木材を加熱したときに出てくる、粘っこい液体のことだ。防腐剤や防虫剤として使われることも多いが……この街ではおそらく、防水のために使われてるんだろう〉

街の中に拠点らしい場所がなかった理由も、これで説明できそうだ。

タールは船の防水のために大量に使われる。解放軍の幹部、イツネとヨシュ姉弟は、かなり高い確率で、船を拠点にしている。

「割れた首輪号」は、大型の木造帆船だ。黒い船体は穏やかな波の上でゆっくりと揺れ、畳まれた白い帆は日没後の空の妖艶な赤紫色を反射している。海のにおいとタールのにおいの向こうから、ほのかに火薬のにおいが漂ってくる。船体にメステリアの言葉で書かれた「割れた首輪号」の白文字は、つい最近塗られたように見える。

船を見つけるのは簡単だった。一番警備の厳重な桟橋を目指すと、そこにセレスやサノンと顔馴染みの刀鍛冶がいて、すぐに幹部へのお目通りが叶ったのだ。推測通り、解放軍の中枢は、今はこの「割れた首輪号」にあった。船には三〇人ほどの戦士がいて、あとはニアベルの街中にその一〇倍ほどの同志が潜んでいるという。

案内されて船に乗り込むとき、セレスはためらいを見せた。

〈どうしたセレス〉

訊くと、セレスは不安げに船を見上げた。

「いえ、船に乗るのは、初めてですから……」

言われて、思い出す。王朝の掟で、イェスマは乗り物に乗ると死罪、乗せた者も同様に死罪なのだった。

ためらっていると、黒豚がセレスの小さなお尻を鼻で押して、乗船を促した。

——王朝の法に従えば、解放軍のみんなは全員とっくに死罪になってますよ。無理に罰すれば

民衆の反発が大きいと知っていて、王朝も迂闊に手を出せないんです。ここまで来たんです、乗るしかないですよ

ロリのお尻に鼻をうずめる男の言うことを聞くのには若干の抵抗があったが、結局はサノンを信じて、俺たちは「首輪号」に乗り込んだ。

すぐに、船長室に迎え入れられる。

「ははーん、あんたがノットの言ってたゲス豚か」

仮の船長、イツネは、背の高い黒髪ポニーテールの女で、俺と同じくらいの年齢だった。焼けた肌に攻撃的な鋭い目つきが特徴で、背中に豚を一刀両断できそうな大斧を背負っている。脚を大胆に開いて木箱に腰掛け、少し前のめりになって両膝に両手を置いていた。胸元はだらしなくはだけていて、ノットが見たら喜びそうな景色が覗く。

セレスが不服そうな視線を俺に向けてきたが、どうしてだろうか。

長い髪を一本の三つ編みにした少女が、俺とサノンとロッシの前に、水の入った皿を置いてくれる。緑色の素朴なワンピース姿。銀の首輪をしていることから、イェスマだと分かる。

「いいんだよリティス、獣たちにそんな気を遣わないで」

イツネが言って、リティスと呼ばれた少女を手招きする。リティスはそばかすの目立つ頬を「えへへ」と笑わせ、イツネの股の間に座った。日焼けした腕が、後ろからリティスの腹に回される。

……ん？

「しかしよくここが分かったねサノン。後学のために、どうやって特定したか教えてくれよ」

リティスの肩に顎を乗せて、イツネが言った。

セレスに中継してもらい、サノンが伝える。

――においだよ。「眠る仔馬亭」のクロイトさんに頼んで、地下にある部屋を探させてもらったんだ

「仔馬亭？」

イツネの黒い瞳がセレスに向けられ、そしてその手に持ったままとなっていた黒いおパンツに釘付けになる。セレスがさっと後ろに隠すが、もう遅い。

「パ……ン……」

真っ赤に染まるイツネの顔。何を感じたのか、リティスがさっと立ち上がる。

「おいサノン。レディーのおパンツを嗅いだその鼻は、切り落とした方がいいみたいだな」

イツネはウエストポーチから黄色いリスタを取り出し、背中の大斧にガチャリとはめ込んだ。

――ご、誤解だよツネたん。おパンツを嗅いだのはロッくんで……

ワタワタする黒豚。イツネがロッシを睨むと、ロッシはゆっくりと首を横に振る。

嘘がバレた。有罪だ。

イツネが立ち上がって大斧を構えた。大斧周辺にバチバチと稲妻が走り、生臭いようなオゾ

ンの特異臭が漂ってくる。この女の持つ大斧は、電気タイプの武器なのだろうか。よく見ると、持ち手の一部が、ノットの双剣と同じく骨でできているらしいのが見えた。

そのときだ。コンコンコンと、開け放されていた船長室の扉が叩かれた。

「落ち着きなよ。荷物の回収を怠ったのは姉さんだ。あんなに散らかすのが悪い」

そう言って入ってきたのは、黒髪で色白の少年だ。ノットと同じくらいの年齢だろうか。長い前髪が目にかかっているが、高い鼻と細い顎が端整な顔立ちを暗示させる。こちらが背負っているのは、やたらと長いクロスボウ。十字の木組みを補強するように、二本の骨が斜めに渡されているのが見えた。

「ネチネチうるさいな。急いで出てきたんだから仕方ないでしょうが」

不満げに言いながらも、イツネは大斧をしまって、木箱に座り直した。

前髪陰キャが通り過ぎるとき、あの柑橘系のにおいが俺の鼻にピンときた。イツネを姉さんと呼んだことからも、この少年がヨシュで間違いないだろう。

「久しぶりだねセレス、元気にしてた？」

ヨシュが微笑みかけると、セレスはペコリとお辞儀をした。

「えと……はい、おかげさまで元気です」

「よかった。聞こえてきたんだけど、サノンがどうとかって……」

言いながら、ヨシュは二匹の豚を見下ろす。

「あれサノン、消えたと思ったら倍に増えた？」

いえいえ違うんです、こっちは眼鏡ヒョロガリクソ童貞です、と俺が自己紹介すると、ヨシュは「ああ」と顎を上げた。

「例のゲス豚か、ノットから話は聞いてるよ」

さっきからゲス豚ゲス豚言われている気がするが、ノットはいったい、俺についてどのように話していたのだろうか。どうも情報が偏っている気がする。俺はゲスではないぞ？

「……君は、王朝の内部事情に詳しかったりするのかな」

前髪の奥から三白眼が覗き、その黒い瞳が俺を貫いた。

〈す、すまん、それは……あんまり憶えてないんだ。記憶を消されてしまったのかもしれない〉

脂汗をかきながら伝えると、ヨシュはリティスの方を向く。イツネの腕の中に再び収まっていたリティスは、ニコニコと頷いた。

「そっか。まあ君にも君の事情があるんだろうね。深く追及はしないでおくよ」

ヨシュは軽く頭を振って前髪を整える。

「で、姉さん。残りの船も手配できそうだよ。明朝には準備が終わるみたいだ。日の出ごろには出発できる」

イツネはリティスの三つ編みをいじりながら眉間に皺を寄せる。

「朝？　ノットはもうすぐ着くんじゃないの？　待ち時間ができたらきっと不機嫌になるよ、あいつ」

セレスがハッとイツネを見る。

「ノットさんは、もうすぐ来られるんですか？」

「そうだよ。あんたも急いで来てよかったね、セレス。ノットが到着したらすぐ、私たちは南に向けて出港するつもりなんだ」

セレスの大きな目が、心なしかキラキラと輝く。

解放軍はノットと合流後、間髪入れずに海路をとるつもりだったのか。ギリギリ間に合った感じのようで、運がよかったとしか言いようがない。

ヨシュがため息をつく。

「そうは言っても姉さん、物資がまだ揃ってないんだ。街の連中を総動員しても、出発は夜が更けてからになると思うよ。大騒ぎして目立ちたくもないし」

「夜中なら夜中でいい。朝なんて甘ったれたことを言ってないで、できるだけ早く準備しな」

「はいよ」

「じゃあさっさと行って。リティスはセレスにハンモックをあてがってやってよ」

イツネがテキパキと指示をする。リティスという言葉を聞いたとき、ヨシュはどこか不満そうにイツネを見た。

階段を降りて、下の階へ。前を歩く三つ編みのイェスマに、サノンが話しかける。

——君は、リティスっていう名前なのかな？

そばかすの少女は振り返ると、ニコリと笑った。

「今は、そうです」

黒豚が首を傾げる。

——前には他の名前があったの？

「ごめんなさい……半月前、記憶を失って放浪していたところをイツネさんたちに拾ってもらったもので……前の名前は、憶えていないんです。それでリティスという素敵な名前を、イツネさんにつけていただいたんですよ」

——なるほど。そうだったんだね。ありがとう
リティスと呼ばれた少女は、獣たちも一緒に寝られるようにと、広いスペースのある隅のハンモックをセレスにあてがい、小走りに船長室の方向へと戻っていった。

〈サノンさん、どうしてあの子に、名前を確認したりしたんです？〉

俺が問うと、黒豚がどこか神妙な目でこちらを見た。

——リティスというイェスマは、もう死んでいるんですよ
ぞくり、と豚肌が立った。

〈……え？〉

――ツネたんとヨシュくんの武器に使われていた骨を見たでしょう。あれがリティスです
大斧とクロスボウを思い出す。重そうな武器なのに、二人は船内でも身に着けていた。イー
スの骨を使った双剣を、ノットが肌身離さず持っていたのと同じように。
〈二人に所縁のあるイェスマだった……〉
――ええ。お二人は元々、王朝軍のお偉いさんの家系だったみたいですよ。武芸に大変秀でて
いるのはそのためです。でも家に仕えていたリティスが理不尽に処刑されたようで……そのと
き王朝に見切りをつけ、やがてノッくんの仲間になりました
セレスは器用にハンモックに腰掛け、ゆらゆら揺れながら俺たちの様子を無言で見ている。
たまにソワソワと視線を散らしているのは、ノットのことを待ちかねているからだろうか。
地の文を読んだからか頬を赤くするセレスをよそに、俺は話を進める。
〈じゃあイツネは、拾った少女を、死に別れた少女の名前で呼んでいる……？〉
グロテスクな現実に、豚バラが痛くなるのを感じる。
――ええ、そうみたいですねぇ……ちょっと気持ちのよくない感じもしますが、それだけツネ
たんの想いも強いということでしょう。戦いを見ていれば分かります
〈戦いを？〉
――ツネたんの大斧は激しい電撃を纏い、どんな分厚い装甲のオグも一発で昏倒させ、次の一
撃で、確実にその首を落とします。ヨシュくんが使う弩の矢は、特殊な風に守られ、何百メー

トルも先の心臓を正確に射抜きます。どちらも、リスタの魔力を最大効率以上に発揮した結果ですよ。持ち主の心と骨の心とが完全に通じていないと、実現できないことです

ノットの双剣の炎を思い出す。衝撃波で離れた敵を斬ったり、反動で身体を跳躍させたりと、やたら便利な武器だと思っていたが……

〈なるほど。使い手と亡きイェスマとの絆が、そのイェスマの骨を使った武器の強さに直結しているということですか〉

——その通りだと思います。最愛の人を失った人間が、最も強力な武器を使いこなす……本当に皮肉なことですが、それが、解放軍の強みでもあるんですねぇ

記憶が蘇ってくる。

——ジェスがイェスマ狩りに殺されてもいいのか。首輪を取り返して、ジェスの骨で新しい剣でも作るか？

バップサスで、ノットを仲間にするために放った言葉。頭に血を上らせて交渉を上手く進めるという目的があっての挑発だったが、あのとき俺は、ノットに向かって絶対に言ってはいけないことを言ってしまったのだな、と反省する。片田舎の狩人が英雄となった理由の一つは、イースに対する、彼のあまりにも強い想いなのだろう。

ハッとしてセレスを見る。恋する少女は俯いて、黒い板張りの床をじっと見ていた。黒豚はその様子に気付くと、用事を思い出したなどと言って、急にどこかへ走っていった。

せっかくノットと会えるというのに、余計なことを考えて、セレスの気持ちを台無しにしてしまった。こんなとき、何と声を掛ければ――

「あの、くそどーてーさん……私のことは、あんまり気にしないでください。私、全然大丈夫です」

セレスは脱力するように微笑(ほほえ)んだ。そんなに大丈夫じゃないときにも大丈夫と主張するのは、イエスマの悪い癖だ。

〈なあセレス、世の中、心を読める奴(やつ)なんてそう多くないんだ。大丈夫じゃないことはちゃんと大丈夫じゃないって言わないと、独りで抱え込んでつらくなるだけだぞ〉

セレスの大きな目がこちらを見る。見つめ返すと、セレスは口を開いた。

「実は……ちょっと、怖いんです」

〈そうか。何が怖いんだ〉

「ノットさんが、私を忘れてしまっているのではないかと思って……」

………？

〈忘れるわけないだろ、記憶喪失もののヒロインじゃあるまいし〉

「そうではなくて……ノットさんは今、私には想像もできないような逆境で、私には思いもよらないような努力をされています。そんなノットさんの中で、私という存在はどれほどのものでしょう。私のような小娘が出しゃばって、迷惑になったりしないですか」

ここまで来てモジモジするセレスは、哀れを通り越して、理解不能だった。

〈セレスの存在は、もし大きくなかったとしても、決して小さくはないはずだぞ。昔なじみの顔が、はるばるここまで来たんだ。きっとノットも喜んでくれるさ〉

「本当に、そう思いますか？」

〈ああ。まだ会ってすらいないのに、余計な心配はするな。縮こまってたら一生小さいままだ。忘れられるのが怖かったら、忘れさせなければいい。ノットを求めてここまで来たのと同じくらいの全力で、ノットのそばにいてやれ。少しずつ、セレスはノットにとって大きな存在になっていくはずだ〉

何か葛藤があるようで、セレスはしばらく考えてから言った。

「でも私……ノットさんのご活躍を、邪魔したくないんです。忘れられてしまうのは怖いですけど、出しゃばるのも嫌で……だから私は、ただ陰で、ノットさんを応援できれば……」

そんな行儀のいいドルオタみたいなこと言わなくても……。

〈せっかくここまで来たんだ、陰でなんて言うなよ。セレスは心の力や祈りの力で、ノットの役に立てるんだろ。きっちりそばにいてやって、全力でノットを支えてやればいい。そうすれば、いつか振り向いてもらえるさ〉

ゆっくりと、セレスは頷(うなず)いた。

「ありがとうです。……そうですよね、大切なのは、全力でお力になることですよね」

俺が首肯すると、セレスはちょっと明るく笑った。

しばらくして、サノンがようやく戻ってきた。その口にはなぜか、金属でできた眼鏡のフレームのようなものを咥えている。

──セレたん、元気の出るアイテムを持って来たよ

セレスは黒豚の口から眼鏡もどきを受け取ると、首を傾げる。

「これ、何ですか？」

──眼鏡っていうものの模型だよ。アルくんに随分前にお願いしてたんだけどね、さっき三つ編みの子を通してダメ元で訊いてみたら、ちゃんと作って、とっておいてくれてたみたいで。ほら、それを開いて、曲がった部分を耳に引っ掛けてごらん

サノンに言われるがまま、セレスは不思議そうに眼鏡もどきをかける。

「これで、いいですか？」

こちらを見てくる眼鏡セレス。

ぶひ！　素直にぶひ！　この少女、絶望的に眼鏡が似合う！

何やらうるさいと思ったら、隣で黒豚が鼻息を荒くしている。とんでもない変態豚だ。

自分の鼻がフゴフゴ鳴っているのは、多分気のせいだろう。

てみて！

——いいね！　セレたん！　すごく似合うよ！　こっち向いて、手でそれをクイッて持ち上げてみて！


セレスはサノンに言われた通り、眼鏡を軽く持ち上げる。おっと、これはさすがに……

黒豚は隣で地団駄を踏み、全身で感動を表現している。やれやれ、変態には付き合っていられないな。まったく。


——ほら、ロリポさんも、何かリクエストはないんですか
サノンに訊かれ、考える。そうだな、せっかくだし、一言ぐらいもらってやってもいいか。

〈セレス、俺に向かってこう言ってみてくれ——〉

内容を伝えると、セレスは恥じらいながらも小さく口を開いた。

「わ……悪い豚さんは、おしおきですよっ」

ブヒィ！

〈サノンさん、めちゃめちゃグッジョブ〉

——でしょう？　初めて会ったときから、似合うと思ってたんです。幼さの残るふっくらとした頬の上に、輪郭を引き締める知的な銀縁！　眼鏡ロリの究極体ですよ！

………。

まったく、手の施しようのない変態だな。隣にいると俺にまで変態がうつってしまいそうだ。

〈あ、そうだセレス、こんなのはどうだ〉

俺の提案に、セレスはちょっと首を傾げる。それでもセレスは、やってくれた。

上目遣いで俺のことを見て——

「お、お兄ちゃん」

ブッヒャァァァ！

諸君は一三歳の眼鏡金髪美少女に「お兄ちゃん」と呼ばれたことはあるか？　ない？　それはかわいそうに！　残念でした！　前世の徳が足りなかったな！

ブヒブヒ盛り上がっている俺たちを見て、セレスは照れたように頬を弛ませる。

「えと……この金具、そんなにいいですか？」

——最高だよ！

興奮のあまり、黒豚の口からフォカヌポウwと音が漏れる。

「でも……これをかけると、具体的に、何がいいんです……？」

黒豚が固まる。確かに、眼鏡の何がいいのかと言われると……なかなか難しい。諸君は、眼鏡の素晴らしさを言葉で説明できるだろうか？

首を捻っていたサノンが、慎重に解説を始める。

——眼鏡っていうのはね、セレたん、目の機能を矯正するもので、本を読んだりお勉強をしたりするときによく使われるものなんだ。だから、知的なイメージを伴うんだよ。しかもその眼鏡が位置するのは目の部分。目っていうのは他人に与える印象のなかでもとても大きな割合を占めるパーツだから、眼鏡は知的なイメージをプラスするだけではなくて、雰囲気を一変させてギャップ萌えをも生じさせる装置たり得るんだ。それがいいんだと、私は思うよ

「ぎゃっぷもえ……？」

セレスはしばらく考えていたが、ちょっと元気を取り戻したように言う。

「ではノットさんが来るまで、かけておきます！」

旅の疲れで眠ってしまっていた俺たちは、ロッシのキャンキャンという声で目を覚ました。寝ぼけて目をショボショボさせている間にも、白い巨体が弾丸のように階段を駆け上がっていくのが見えた。次の瞬間には、何が起こったかを把握する。

ロッシがこれほど喜ぶものは二つしか考えられない。ジェスの生脚か、ご主人様だ。いずれにせよ俺にとっては重要なことなので、俺も急いでロッシに続く。眼鏡セレスと黒豚も、俺の後ろからドタドタと走ってきた。

空はすっかり暗くなっていた。甲板ではロッシが白い尻尾をちぎれんばかりに振りながら、誰かに覆い被さってその顔をベロベロと舐めている。ランタンを持ったヨシュもいて、その隣には純朴そうな見知らぬ少年が立っている。セレスと同じくらいの歳だろうか。ヨレヨレの質素な服を着ている。少年は突然現れた動物園に戸惑っている様子だった。

「落ち着け、分かったから……」

いかにもイケメンという感じの声が聞こえてきて、俺は懐かしい気持ちになった。

ノットだ。ロッシを制しつつ起き上がったその姿を見て、俺は驚いた。

ボロボロの服。痩せた頬。だらりと下がった左腕。喉仏あたりにある、どす黒い痣。右頬から側頭部へと走る大きな刀傷。長く伸びて野性的になった金髪――なんというか、印象がすっかり変わってしまっていた。ノートを偶然拾う前後の天才高校生並みに違う。

その視線はまず、船長室から駆け上がってきたイツネに向けられた。

「元気そうだな、何よりだ」

イツネは安心したようにホッと息を吐く。

「さすがにもう会えないかと思った」

「馬鹿言うな、俺が死ぬわけねえだろ」

言いながら、ノットはイツネの肩を右手でポンと叩いた。イツネが、ノットの後ろにいる少年を顎で指す。

「この子、誰？」

「闘技場で世話になったバットって子だ。いろいろあって、連れてきた」

「へえ、バットっていうのか。いい名前じゃんか。弟子にでもすんの？」

ノットを見上げる少年の目が、期待に輝いた。

「いずれな」

そう言いながら、満身創痍の狩人はようやく、こちらに顔を向けた。

「セレス、来てたのか」

ノットが歩いてくる。セレスは「はい！」と声を上擦らせるが、ノットの表情筋は険しさを彫り込んだまま動かなかった。

「危険な旅になる。帰りたくなったらいつでも言え」

「……あの……えと……ありがとうです」

お前……セレスがどんな思いでここまで来たか知りもせずに。

腹が立ってフゴッと鼻を鳴らすと、ノットが俺を見下ろした。思わず怯んでしまう。その目はもう、俺の知っている巨乳好きな純情狩人の目ではなかった。

「久しぶりだな、ゲス豚野郎。ヨシュから話は聞いてる」

少し溜めてから、低い声が訊く。

「ジェスは生きてるか」

俺はセレスを見る。眼鏡もどきの奥で目を潤ませながらも、セレスは小さく頷いてくれた。

セレスに中継してもらって、伝える。

〈ああ、元気にやってるはずだ——王都の中でな〉

ノットはいまだ表情を変えず、しばらく何か考えているようだったが、やがて言った。

「そうか、上手くやったんだな」

それ以上は訊かず、ノットは黒豚の前にしゃがみこんで、サノンとしゃべり始めた。

俺たちは暗い甲板から明るい船長室に入った。船長室では、リティス——と呼ばれる少女が
ソワソワしながら待っていた。

早速サノンと計画を話し合っていたノットは、少女の顔を見て立ち止まる。ノットの表情は
ようやく変化を見せた。目を見開いて、驚いている。

「お前……死んだはずじゃ……」

少女はきょとんとして、微笑んだまま首を傾げている。

ノットが動いた。右手で双剣の片割れを抜きながら、一息に少女のもとへ迫る。赤く輝いた
刃が一閃し、きれいな弧を描いて少女の首元へと走った。

カン。

金属音が響き渡る。一瞬のことに誰もが凍り付いていたが、ノットは淡々と剣をしまい、腰
を抜かした少女を腕で支えた。イケメンの顔が少女の首元に接近する。どうやら、彼女の首輪
の、刃が当たった部分を観察しているらしい。

「本物か……すまねえ、俺の勘違いだった」

ノットは首を振り、少女を座らせた。本物のイェスマの首輪なら、いかなる方法でも傷をつけることはできない。そのことから、この少女が本物のイェスマであると判断したのだろう。

イツネが慌てて走ってきて、ノットを強く押しのける。

「何すんだよ、いきなり！」

「悪かった、北部で俺を逃がしてくれたイェスマにどこか似ていたんだ……で、こいつは誰だ？」

「リティスだよ」

「リティス……？」

ノットが訝しげに訊き返す。ヨシュが言う。

「最近までの記憶をすっかり失って、この辺りをさまよってた子なんだ。訛りが北部の人っぽいけど、本物のイェスマだよ。だから俺たちで保護した。名前が分からないから、姉さんはリティスと呼んでいる」

「そうか。……まったく、おかしなことばかりだな」

ノットは手近な木箱に腰かけ、唐突にセレスの方を振り返った。

「セレス。バップサスが燃えたというのは、本当か」

ノットに訊かれ、セレスはすぐに答える。

「です。三日前の朝、北部の軍に襲われて……」

「オグがいたということか」

セレスは頷いた。ノットはセレスから目を逸らしてため息をつく。

「どうやら、バップサスが焼かれたのは俺のせいらしい。本当にすまねえ」

沈黙。気になって、俺は口を挟む。

〈ノットのせいって、それはどういう意味だ〉

淀んだ瞳がこちらに向けられる。

「俺たちが針の森で遭遇した大男がいるだろ」

〈八つ裂きのエン、だっけか〉

「そうだ。あいつは北部新王お側付きの拷問官と何かしらの深い絆があったらしい。そんな奴を殺したばっかりに、俺は拷問官の激しい恨みを買った。尋問なしに拷問を受け、さらには俺に所縁のあるバップサスまで……北部の連中は、まだしつこく俺を追っている。何よりも目の敵にしてんだ」

拷問官……？　たかが拷問官の恨みが、北部軍を動かしたというのか？

細かいことを気にしている俺の横で、セレスが胸に手を当てて大きな声を出す。

「拷問を、受けたのですか？」

ノットはチラリとセレスを見る。

「安心しろ、後を引くようなものじゃねえ。収容所でイノシシが暴れてイェスマが逃げたとかで、俺の拷問は中途半端なとこで終わったんだ」

「でも、苦しかったですよね」

「侮るな。五年前の苦しみに比べれば、肉体の痛みなんて……」

「あ……えと……ご、ごめんなさい、です……」

セレスの声が、あっという間に萎んでいく。

俺は考える。バップサスがピンポイントで狙われた理由は分かった。解放軍のリーダーであるノットと関係が深い村で、そのノットが強烈に恨まれているからだ。しかし、バップサスより北側の街が無傷で残っているなか、どうして北部勢力はバップサスをピンポイントで襲うことができたのだろうか？　そして、残る疑問はもう一つ。俺たちがメステリアに再び転移してきた翌朝にバップサスが襲われたのは、はたして偶然なのだろうか……？

モヤモヤしていると、ヨシュが俺たちの間に歩いてきて、ノットに何かを差し出した。

「ノット、せっかくセレスが来てくれたんだ。これあげるから、使いなよ」

その手に乗っているのは、黒い六角柱の玉石——魔力の源、リスタだった。

木の床の上で、ノットは横になった。セレスがそのすぐそばに跪いて、黒のリスタを両手で包み込むように持ち、額に強く押し当てている。セレスはぎゅっと目を閉じた。

黒のリスタによる祈禱で、イェスマは魔法使いしかなしえないような奇跡を起こすことができる。怪我や病気を治すのは、その最たるものだ。

さっそく、ノットの側頭部にあった傷が、じんわりと消えていく。

俺たちは、その様子を少し離れたところから見ていた。

ヨシュが俺とサノンに向かって、小声で言う。

「ノットが羨ましいよ。セレスがいるおかげで、どんな酷い怪我も治っちゃうんだから」

リティスと呼ばれる少女に中継してもらって、俺はヨシュに訊く。

〈どういう意味だ？　セレスは治療が上手いのか？〉

「別にそういうことじゃないけど……何て言えばいいんだろう。サノン、説明してやってよ」

――イェスマが祈禱で人を癒す能力は、その子の感情の大きさに激しく依存するんですよ。知識や技術の問題ではないんです。赤の他人が相手だったら、指のささくれさえ治せないかもしれません。大切な人を癒すときだけ、その祈りは大きな効果を発揮するんです。セレたんには、ノッくんに関しては、ああいう大きな怪我さえ治せるほどの感情があるんですよ

サノンが「眠る仔馬亭」でマーサに向かって言っていたことを思い出す。

――ことノットくんを癒す能力に関しては、セレスちゃんがずば抜けています。セレスちゃんは、解放軍にとって必要な存在なんです

そして、自然と思い出す。キルトリン家の農場で俺が刺されたとき、俺を癒してくれたイェ

スマの少女のことを。失血死寸前になるほどの深手を負った豚は、完全な健康体にまで回復した。ジェスはそれだけ、俺のことを大切に思い、求めてくれていたのだ。

　それなのに、俺は………。

　ブレースが命を諦めていたのも、もしかすると、そういうことだったのかもしれない。リスタさえあれば、あの腹の傷もジェスが治してくれるかもしれない、などと思ったこともあったが、そうではなかったのだ。

　当たり前だと思っていた。イェスマの能力を誤解していた。どんな怪我も癒せて当然なのだろうと、勝手に推測していた。でも、そうじゃなかったんだ。

　頭を振って、余計な考えを払い落とす。まったく、何を考えてるんだ、俺は。

　数分で、祈祷は終わった。ノットは起き上がると、両腕をグルグルと回した。喉元の痣のような跡は消えていなかったが、それ以外はすっかり良くなったようだ。

「ありがとうな、セレス。疲れただろ。しばらく下で休んでてくれ」

　セレスはノットの方に手を伸ばしかけて、何を思ったのかその手を引っ込める。

「あの……一緒にいちゃ、ダメですか？」

　ノットは不思議そうに眉を寄せる。

「いや……気持ちは嬉しいが、出港の準備をする間、セレスの手助けは特に必要ねえ。サノンやゲス豚に計画を相談するときだけ、一緒に来て、会話を中継してくれればいい。長旅だったんだろ。次の仕事に向けて、きちんと休んでくれ」

「そ、そうですね、分かりましたです……」

おいおいおい、クソ鈍感ラノベ主人公か？　さすがにイライラしてきたんだが。

セレスはこちらにトコトコ走ってきて、俺と黒豚に微笑みかけた。

「……ということみたいなので、一旦、下で休憩しましょう。サノンさんやくそどーてーさんも、ずっと歩いて、お疲れですもんね」

その不器用な笑顔の上で、遂に触れられることのなかった眼鏡もどきが虚しく輝いていた。

セレスは「あんまりウケなかったですね」と笑って眼鏡もどきを外した後、ハンモックにうつ伏せになった。しかし眠らずに、俺とサノンの相談を中継してくれる。

──これからが重要ですよ、ロリポさん。無事ノッくんたちと合流することはできました。しかしこれは最初の段階にすぎませんからねぇ。彼らに精一杯知恵を貸して、この世界を変えるんです

脳まで届くその声に、愉快なロリコンオタクの面影はなかった。

──まずは、北部勢力という最悪の連中を倒すことに集中しましょう。これにはいずれ、反りの合わない王朝との共闘が、必要になるかもしれません。そのときは、王朝と接点をもつ唯一

の存在であるロリポさんが、非常に強力なキーパーソン――いえ、キーピッグになるはずです。分かっていますね？

〈もちろん。任せてください〉

――北部勢力（ノザン）を倒したら、次は当然、イェスマの解放を目指します。制度の根源である王朝に対してどのような形で挑むかは、現状全く分かりませんが、ここでも、王朝に近いロリポさんがキーピッグであることに変わりはありません。最悪の場合、ロリポさんが王朝側につき、私が解放軍側について、対立に巻き込まれる可能性もあります。しかし私たちの目的は同じ――不遇な少女たちを救うことです。そこは改めて、確認させてください

〈ですね。それは間違いないです。お互い、最善を尽くしましょう〉

そこで考える。イェスマの解放――ノットの悲願であるこのゴールは、もちろん俺の願いでもある。ブレースのように苦しめられて死んでいく少女たちを「仕方ない」で済ませることなんて、できるはずがない。

しかし、しかしだ。そのイェスマを使った維持機構は、暗黒時代の再来を防ぐための、王朝の政策の要とも言える。そしてジェスはもはや、王朝の人間だ。もし、万が一、イェスマの解放とジェスの幸せとを天秤（てんびん）にかける羽目になったとき、俺にはイェスマの解放をとることが、はたしてできるのだろうか。

ジェスに王朝の人間として生きるよう言ったのは俺なのだ。それでいて「やっぱり王朝をぶ

っ壊します」などと、俺が言えるだろうか？　ノットの願いが叶ったとき、壊してしまった世界の向こう側で、ジェスを幸せにすることはできるのだろうか……？

黒豚がンゴッと鼻を鳴らす。俺の迷いが、伝わってしまっただろうか？

――ロリポさん、一つ訊いてもいいですか

真剣な口調に、俺は同じく真剣に返す。

〈はい〉

――イェスマの子たちが、ロリポさんや私に向かって素直に思いを吐き出してくれるのは、どうしてだと思いますか

俺の迷いを諭されるのではと予期していたので、少し安心した。

〈それは……俺たちが、近くで寄り添っているからでしょう〉

――いえ、違います

〈ええっと……では、サノンさんはなぜだとお考えで？〉

――豚だからです

じっと立ってこちらを見ている黒豚は、シュールで、どこか恐ろしかった。

〈豚だから……？〉

――ええ、イェスマの少女たちがこんな限界オタクに心を開いてくれるのは、私たちが頼りになるいい奴だからでは決してありません。豚だからです。最底辺の彼女たちが心を許せる唯一

の存在、最底辺未満の存在だからなんですよ

ハッとさせられる。ジェス、セレス、そしてブレース……彼女たちは俺に、切実な思いを打ち明けてくれた。会ったばかりの俺に、泣きついて、抱きついて……堰を切ったように、つらかったことややりたかったことを話してくれた。それは俺が信頼に足ると判断したからではない。俺以外に、豚以外に、話せる相手がいなかったからなのだ。

俺が初めての、自分未満の存在だったからなのだ。

みんなそうなのだろう。不平不満を言わず社会を支えている少女たちは、みんなつらくて、折れそうで、しかし誰にも相談できず、生きては、搾取されて、殺されてきたのだ。

「ち、違います」

セレスが顔を上げて、口を挟んできた。

「サノンさんも、くそどーてーさんも、本当に素敵な方です。決して豚だからなんて、そんなこと、私はこれっぽっちも……」

黒豚の目は、変わらずこちらを刺すように見ている。メッセージは明確だった。

私たちが豚である理由を考えましょう。それが、私たちがメステリアへ来た理由であり、私たちの存在価値であり、私たちの使命なのです――

夜中。穏やかな波に揺られる船ですやすや眠っていた俺は、セレスにつついて起こされた。丸くなって眠る黒豚の横を通り過ぎ、セレスに従って甲板へ出る。涼しい潮風がタールのにおいを吹き飛ばし、優しい波音がゆったりとした周期で響いてくる。

メインマストの見張り台では、ヨシュが胡坐をかいてウトウトしていた。首輪号の準備はほぼ終わり、今は他の船の出港準備を待っているのだろう。セレスはヨシュから見えないよう、仮置きされた木箱の陰に体育座りし、俺を隣へいざなった。

——お休みのところ、起こしてしまってごめんなさいです

〈いいんだ。何か相談か?〉

——えと……半分そうで、半分違います

〈何でも話してみろ〉

——さっきサノンさんが言っていたことですが……確かに、そうなのかもしれません。く、くそど、、、ーてーさんが豚でなかったら、私は三ヶ月前のあの夜、ノットさんのことをくそど、、ーてーさんにご相談することはなかったと思います

〈まあ、そうだろうな。そのあたりは勘違いしていないから、大丈夫だ〉

——でも、ジェスさんは違いました

セレスの大きな目が俺を捉えた。

——あのときはお話ししませんでしたが……ジェスさんは、く、く、、そど、、ーて、、ーさんのことを好いて

いらっしゃったんです。それは私がノットさんに対して抱いている想いと似ていました。ジェスさんは、決してくそどーてーさんが豚だから心を許していらっしゃったわけではないです。これだけは、どうしても、言っておきたくて……

　大きな瞳が潤んで、セレスは俺から顔を背けた。

——正直、とっても、とっても、羨ましいです。そんなに想い合えるお相手がいるなんて……どんなときもそばにいようとしてくれるお方がいるなんて……私、ジェスさんが本当に羨ましくて……だから、どうして離れ離れになってしまったのかは分かりませんが、くそどーてーさんにはいつか、ジェスさんのもとに帰ってほしいと思うんです。くそどーてーさんは、ジェスさんのおそばにいるべきと思うんです

　セレスの小さな拳が、脛の前でぎゅっと握られた。

——あの……ごめんなさいです、あんまり、上手く言えなくて……

〈ありがとう。言いたいことは、よく伝わった〉

　そして俺が言ってやるべきことも、よく分かった。

〈残り半分の相談っていうのは、ノットのことか〉

——……です

　セレスはこちらを見ようとしない。

〈サノンさんは優しい人だけど、見据えているものが大きすぎて、ちょっと相談しづらいとこ

ろがあるよな〉

セレスの首が曖昧に揺れた。あの人はガチロリコンだが、根は使命感の塊のような人で、セレスの感情よりも、ノットら解放軍の行く末を気にする人だ。サノンに対して、あまり個人的な相談はできないのだろう。

〈ノットは……本当にクソ野郎だよな。こんなに可愛い一途な眼鏡っ子が来てくれたのに、あんなに冷たく当たるなんて〉

——あの、私、可愛くはないです……

〈そんなことはない。ジェスの次くらいに可愛いぞ〉

セレスは少し笑って、ありがとうです、と伝えてきた。

——私、やっぱりこれでいいと思ってるんです。ノットさんはもう前しか向いていなくて……私の方を見てる余裕なんてないことは、分かってるんです。ノットさんのおそばにいて、ノットさんのお役に立てれば、それでいいと思ってます

セレスの目から、涙がぽたりと膝に落ちた。

——でも、やっぱり苦しくて……どうしたら、この苦しさはなくなるんでしょう

〈ノットがセレスの方を向かないなんて、誰が言ったんだ〉

伝えると、セレスは諦め顔を向けてくる。

——誰が見たって、そうです。全然つり合ってないですから。ノットさんは誰からも慕われる

英雄で、私は田舎の小間使いで……それに私、胸だって全然ないですし……

〈おいおい、一三の女の子が何言ってるんだ。これから大きくなるかもしれないだろ〉

——そう見えますか……？

確かに、おっぱいの大きなセレスは、あんまり想像できないな。

——ですよね……

あの、これ、地の文……

〈でも、一つ言っておくと、ノットはおっぱいの大きな女性が好きなんじゃなくて、大きなおっぱいが好きなだけだと思うぞ〉

我ながら哲学的な一文を編み出してしまった気がする。

——どうして、そう思われるんです？

〈だって、あいつが好きだったイースのおっぱいは、そんなに大きくなかったんじゃないか〉

——えっと……どうしてそう言えるんでしょう……

〈簡単だ。マーサやノットが、ジェスとイースがよく似ていると言っていたからだ〉

——……………

あれ、何か変なことを言ったかな？

セレスはクスクスと笑った。

——そんなこと言ったら、ジェスさんに叱られちゃいませんか詭弁ではあったが、そうやって笑ってくれるに越したことはない。

〈大丈夫だ。セレス以外に、誰も聞いてないからな〉

——そうか？

突然、違う声が脳内に響いた。

驚いて周囲を見回すと、セレスの後ろに、黒いローブを着た何者かがしゃがみこんでいるのが見えた。フードを被っていて、顔は見えない。そいつはセレスの口をさっと塞いだ。セレスは一瞬小さく痙攣すると、目を閉じてうなだれた。体育座りの手がほどける。

そんな、まさか……

「ンゴ！　ンゴォ！」

急いで鼻を鳴らすと、ローブの不審者は俺の目の前に来て、俺の鼻面を両手で押さえた。フードの陰になっていた顔がようやく見える。彫りの深い目鼻立ち。カールした金髪。

王の孫、シュラヴィスだった。

——黙ってくれ、気付かれたくない。その子は無事だ

シュラヴィスは俺から手を離すと、体勢を崩しかけていたセレスを優しく抱き止め、甲板に寝かせた。混乱して、俺は動けない。

そのときだ。ヒュッと笛のような音がしたかと思うと、シュラヴィスの背中に何かが当たった。ローブの中に鉄板でも入っているのか、ガンという音がして「何か」は弾かれた。

落ちたものを見る。それは、クロスボウの矢だった。

シュラヴィスは俊敏に立ち上がると、顔も向けずに矢の来た方へ手を伸ばした。手の先から青白い電撃が走り、見張り台にヒットする。ヨシュがその場に倒れ込むのが見えた。

次の瞬間、落雷のような閃光と轟音が爆発し、甲板の一部が張り裂けた。木屑とともに、階下から人影が飛び上がってくる。その手には大きな斧。

暗い空を背景に、大斧が電撃を纏うのが見えた。飛び上がった人影は宙で一回転。その勢いで、斧の刃をシュラヴィスへと一直線に——

まずい！

——離れてろ

シュラヴィスの声が脳内で響いた。俺はセレスを庇うように一歩後退する。

バチン！

シュラヴィスが顔の前で交差させた腕に、大斧の刃が確実に振り下ろされた。しかしその刃は、強烈なスパークの炸裂と同時に弾き返される。

シュラヴィスは傷を負いこそしなかったものの、衝撃でよろけて、数歩後ずさる。

視界の端で炎が一閃し、人影がシュラヴィスの後方に向けて跳躍した。

ノットだ。すでにシュラヴィスの背後へ肉薄し、その首に腕を回して、赤く輝く刃を喉元へ向けている。

「降参しろ。名を名乗れ」

ノットに脅され、シュラヴィスは動かなかった。初太刀を弾かれたイツネが体勢を立て直し、大斧の先をシュラヴィスへ向ける。

一糸乱れぬ連携プレー、波状攻撃だった。ヨシュの攻撃で注意を逸らし、イツネの大技で体勢を崩し、そこへノットが滑り込む。もちろん、普通の人間だったら三回死んでいるだろう。

「悪いが、名は名乗らない。降参もしない」

落ち着いた声が聞こえた。

「大斧を弾くなんて人間じゃないね。魔法使いか？」

イツネが問う。

「そうだと言ったらどうする」

「殺す」

ノットが即答する。

「殺せるのか。自分が置かれた状況を考えろ」

シュラヴィスは喉元の剣を押しのけて、ノットから離れる。ノットはシュラヴィスに背後から迫った体勢のまま固まっていた。動けないようだ。

黒いローブに身を包んだシュラヴィスは、圧倒的な存在感で場を支配していた。

「邪魔して悪かった。お前たちと剣を交えるつもりはない。この女の子も、見張り台の射手も、気を失っているだけだ。イェスマを船に乗せていることを咎めるつもりはないし、王朝軍にこの船のことを知らせるつもりもない。俺の求めるものは一つ。この豚だけだ」

気が付くと、俺は全身を見えない力に引っ張られ、宙に浮いていた。

「お前たちと我々が完全に分かり合うことはないかもしれない。だがいつか、ともにこのメステリアをよくしていければと思う」

淡々と言うと、シュラヴィスは船のへりまで歩いていき、手すりを乗り越えて海へ飛び降りた。俺の身体も後を追うように移動する。一〇メートルほど下の海面、帆船につけられた小舟の上で、シュラヴィスは当然のように待っていた。

海面まで浮遊して降りている最中、俺は正直ちびりそうだった。

「行こう」

俺を乗せると、小舟は水上バイクのように海面を滑り始めた。

シュラヴィスに連れられて、俺は王朝が管理しているという海沿いの砦に来た。入り口の門には、銃や槍を持った王朝軍の兵士がずらりと並んでいる。

総石造りの砦は、崖になっているニアベルの海岸へ貼り付くように建てられている、横に長い建物だ。内装も無骨な灰色の石が剥き出しで、点々と配置された松明が暗く長い廊下を照らしている。廊下からは、鉄格子の窓越しに、真っ暗な海を見下ろすことができる。

「気のせいだと思うが、お前はさっき、ジェスの胸の大きさの話をしていなかったか」

ひとけのない廊下を早足で歩きながら、シュラヴィスが思い出したように言った。

〈いや、まさか……王妃候補のおっぱいなんて、とても恐れ多くて……〉

誤魔化す俺。シュラヴィスは肩をすくめる。

「まあいい。代わりに教えてくれ。なぜ戻った」

こちらを見ずにシュラヴィスは問うた。

なぜって……

「ジェスが諦めきれなかったか」

〈違う〉

俺は即座に断言した。

「おじい様の方針が――イエスマの扱いが許せなかったか」

〈……そうだと言ったらどうする〉

「それを考えるのは俺ではない」

シュラヴィスは立ち止まり、右手の扉を開いた。

ひょっとすると、と思い向こうを覗き込むが、そこはがらんどうの空き部屋だった。

「ジェスはここにはいない。違う部屋で待機している」

それを聞いて、心臓が飛び跳ねる。全身にドクドクと血が巡り、肝臓が加熱され始めるのを感じた。ジェスはこのニアベルにいるのか？

「事情は少し複雑だ。条件をのんでくれたら、ジェスに会わせてやる」

シュラヴィスはそう言って、壁際に置かれた椅子に座る。俺のすぐ後ろで、扉がひとりでに閉まった。

〈条件？〉

呼吸を落ち着けながら、訊き返す。

「三つだ。まずは、俺の味方になること」

シュラヴィスはそこでようやくフードを外した。白い肌と、西洋彫刻のように印象の強い顔立ちが顕わになる。その濃い眉には力が入り、真剣さを浮き彫りにしている。

〈こんな無力な豚が、味方に欲しいのか〉

頷くことはせず、シュラヴィスは続ける。

「豚に頼りたくなるときだってある。王朝の情勢は変わった。おじい様——王イーヴィスは何者かに呪いを受け、今は王都で伏せっている。次に指揮を執るのは、俺の父、マーキスだ」

〈待て、王が呪いを受けたって？ 誰に？〉

「それが分かったら苦労しない。一つ言えるのは、もうおじい様は長くないということだ」

シュラヴィスは淡々と話す。

「父は信念のある男だが、無慈悲で、おじい様ほど思慮深くもない。父に政治を任せっきりにすれば、メステリアは確実に悪い方へ向かう。俺はそれを見過ごしたくはない。お前には、この俺に協力してほしいのだ」

〈お前の父は、そんなに分からず屋か〉

「短絡的な割に、極端なのだ。バップサスの修道院を丸ごと焼いたような人間だ。今も、おじい様の命に背いて北部の王城を焼き尽くした挙句、北部軍の行方が分からず飛び回っている。おじい様は、指揮系統が分かってから攻撃をするようにとあれほど言っていたのに……」

待て待て。修道院を焼いたのが、シュラヴィスの父親だって？　それに北部王城を焼き尽くした？　炎上芸人か？

一度頭を整理してから、俺は伝える。

〈お前が父の治世に不安を抱いているというのは分かった。お前の考えにも今のところ異存はない。だが、豚の俺に何ができる？〉

「それが二つ目だ。お前には、解放軍との仲介役をやってほしい」

〈仲介役……お前自身がやるのじゃいけないのか〉

「見ただろう。解放軍はイェスマという制度の根源である王朝の人間を殺したいほど憎んでいるんだ。実際、俺はあいつらに殺されかけた。……本当に、死ぬかと思った」

〈そうだったか……？　余裕でこなしていたように見えたが〉

「おじい様の作ったこのローブがなかったら、確実に死んでいた。あの炎の剣士が一息に喉を刺していたら、そこで終わりだった。俺は――王朝の人間は、直接あいつらと交渉できる立場にない。だからお前に、その役目をやってほしいと考えている」

〈なるほど。それなら俺にもできそうだ。だが、解放軍と何の交渉をしようと思っているかが分からない。反りの合わない連中と共闘して、上手くいくと思うか？〉

「それは……正直なところ、俺にもまだ分からない。ただ一つ確実なのは、今のままでは、王朝も解放軍も立ち行かなくなるということだ。対立しているうちに、北部の脅威が迫ってきている。正体不明の強敵に、倒しても倒しても湧いてくる兵力。このままではどちらも全滅だ。この国をよくしたいという気持ちは同じなのに……メステリアの未来のためには、現状よりももっといい道があると思っている。それを一緒に、見出してほしい」

　シュラヴィスの一見落ち着いた目は、よく見ると不安の色を湛えていた。不測の事態が重なっているのだろう。だからこそ、こんな豚に縋っているのだ。

〈了解した。三つ目は何だ〉

　問うと、シュラヴィスは俺から目を逸らして、ちょっと考えてから口を開く。

「これはお前にとって一番つらいことかもしれないが……」

　シュラヴィスの目が俺をまっすぐに見つめた。

「ジェスは、仕えていた家を出てからお前が去るまでの記憶を、おじい様によってすべて封印されている。もちろんお前のことは全く憶えていない。お前には、今夜ジェスと初めて会ったことにして、決して正体を明かさないでほしいのだ」

は………？

「おじい様にはおじい様なりの考えがあるらしく、俺ですらジェスの記憶の空白領域に触れることを禁止されている。お前にも、王の意向を汲んでほしい。守れないなら、ジェスに会わせることはできない」

しばらく頭が空っぽになっていたが、落ち着いて考え直してみる。

これは、俺にとっても好都合なのではないか？

俺はジェスに会いたかった。しかし俺は、ジェスの人生から一度退出した身。ジェスは王の血族として将来を約束されている立場。はっきり言って、どんな面を提げてジェスに会いに行けばいいのか、俺には分からなかった。

その完璧な答えが、ここに用意されているのではないか？　な？　諸君もそう思うだろ？

俺はジェスにまた会える。ジェスの人生の邪魔になることもなく――

〈乗った。いいだろう。お前の味方になって、解放軍との仲介役になって、ジェスとは初対面だということにすればいいんだな？　思ったより楽しそうだ。ぜひ、協力させてくれ〉

あまりに乗り気な俺を訝しんだのか、シュラヴィスは慎重に言う。

「よかった。だが、一ついいか」

〈ああ〉

「今は全く実質を伴っていないが、ジェスは俺の許嫁ということになっている。そして俺は、お前がジェスのことをどう思っているか知っている。そこで訊きたい。お前は俺のことが憎くないか？」

……憎い？　この俺がそんなことを思うとでも？

〈何か勘違いしてないか？　俺はジェスのことが好きなわけじゃない。ジェスを推しているだけだ。いいオタクってのはな、推しのことを黙って応援するもんだ。決して手を伸ばしたりはしない。嫉妬もしない。ただこっそり応援して、幸せを願っているだけだ〉

諸君もそうだろ？　善良なオタクは、決してガチ恋したりしないんだ。

シュラヴィスはしばらく俺を見ていたが、やがて何かを解したように口を微笑ませた。

「……そうか。なら、そういうことにしよう。信じていいんだな」

〈もちろんだ。俺が約束を破ったら、煮るなり焼くなり生食するなりしてくれて構わない〉

「いや、馬鹿じゃあるまいし、豚を生で食うようなことはしないが……」

そうか。

〈じゃあ決まりだな。お前さえ納得したら、推しに会わせてくれ〉

暗い廊下を黙って歩く。ハツが落ち着かない。推しと対面するのだから、当然だ。

窓の外を見ると、大きな帆船が巻かれていた帆を広げ、これから港を出ようというところだった。「割れた首輪号」だ。遂に準備が整ったのだろう。王朝の人間に見つかったとなれば気持ちよくもないはずだ。早くニアベルを離れようと考えているに違いない。

クワガタの顎のように突き出た二つの岬の間が、ニアベルの港になっている。岬の外には真っ暗な海が広がる。首輪号はノットやセレスやサノンを乗せて、どこへ行くのだろう。

………ん？

この胸騒ぎは何だ。金髪美少女に会うからって緊張しすぎているのか？　いや、この気持ちの悪さは、むしろ……

ノットの言葉が思い出される。

――北部の連中は、まだしつこく俺を追っている。何よりも目の敵にしてんだ

そしてさっき聞いた、シュラヴィスの言葉。

――今も、おじい様の命に背いて北部王城を焼き尽くした挙句、北部軍の行方が分からず飛び回っている

考えすぎだろうか。ノットの命を何より狙っているらしい北部軍が、王城付近にはおらず、今は姿を消しているという。あの狩人が海に慣れているとは思えない。北部軍と海でかち合うようなことがなければいいのだが……。

そこで思い出す。バップサスを襲った北部軍のことを。軍の方角から、海のにおいが漂ってきたことを。オグという化け物の手足に水掻きのようなものがついていたことを……。

船で抱いた疑問。

——バップサスより北側の街が無傷で残っているなか、どうして北部勢力はバップサスをピンポイントで襲うことができたのだろうか？

陸地を進軍したのでは説明できない。だが、海ならどうか？　あのオグの水掻きは、海を移動するのに適応した構造ではないのか？

〈なあ、やっぱりちょっと待ってくれ〉

呼びかけると、シュラヴィスは立ち止まった。唇に指を当て、真剣に何か考えている。

「お前の推測はすべて聞こえている。そして俺は、おじい様が不思議がっていたことを思い出した。北部軍は、巨大な割に、ヘックリポンの監視網に引っかかることが少ない。今は北部側にヘックリポンを集中させているのに、だ。なぜだと思う？」

〈……ヘックリポンは、海にはいないからか〉

「ああ、その可能性が非常に高くなってきた」

シュラヴィスは海を見る。首輪号を先頭とする船団は、出港の準備を整えたようだ。

「このままだと、まずいな。海上で包囲されたら、解放軍は全滅の可能性すらある」

〈それなら早く警告した方がいい。もう船は出るかもしれないぞ〉

しばらく考えてから、シュラヴィスは言う。

「……分かった。俺が手早く、あいつらに伝言を届けてくる。ジェスはこの突き当たりの部屋にいる。お前はそこで、ジェスと二人で待っていてくれ」

行こうとして、また姿勢を戻す。

「くれぐれも、約束を忘れるなよ」

シュラヴィスはフードを被り、さっき歩いてきた廊下を走って戻り始めた。

石造りの廊下の突き当たりを見る。そこには古そうな木製の扉があった。つやのある飴色の木材。目を逸らす。黒い海。遠くでじんわりと動き始める船団。

まあ、立ち止まっていても仕方がないだろう。シュラヴィスは行ってしまった。俺は意思疎通ができる人がいなければただの豚。そうだ。あの扉を、開けるしかない。

ハツが——心臓が、ドクドクと脈打つ。少しずつ歩く。

突き当たりまで来た。扉の取っ手は高い位置にある。とても俺の脚は届かない。

扉を開けるのにここまで緊張したのは、高校の担任に「後で職員室へ来い」と言われて職員室へ行ったとき以来かもしれない。授業中にえちえちなラノベを読んでいたのがバレてしまったのかとハラハラしたものだ。

いやいや、何を考えている。早くしろ。

思い切って、俺は扉を鼻で強くつついた。ガタン。扉が音を立てる。

「……シュラヴィスさん？」

中から懐かしい声が聞こえてきた。いや、無理だ。こんなの無理だ。やっぱり俺は——

扉が開く。信じられないような美少女が、そこに立っていた。

…………。

「……………？」

目が合う。

「あら。どうしたんですか、こんなところで」

……………。

「飼い主さんと、はぐれちゃいましたか？」

しゃがみ込む少女。その膝は相変わらず無防備に開かれて、白い……

「…………？」

いかん。地の文はすべて、筒抜けなんだった。

「豚さん……」

茶色い瞳が俺を覗き込む。

「泣いているんですか？」

言われて、頬を冷たい雫が流れているのに気付いた。違うんだ、これは……

「あの……ひょっとすると豚さん、私の言うこと、分かります？」

〈……そ、そうなんだブヒ！　実は僕、豚の妖精さんなんだブヒ！〉

「ええぇ！　妖精さんなんですか！」

そこ信じちゃう？　純真ラノベヒロインか？

「……らのべ？」

首を傾げる美少女。違う違う、そういう話をしたいんじゃない。

〈え、えっと、君のさっきの質問、お答えするトン！　僕が涙を流すのは、嬉しかったり悲しかったりするからじゃないんだトン！　目に異物が入ると、それを洗い流そうとして、反射的に涙が流れるようになっているんだトン！〉

「語尾変わりました……？」

あかん。動転して、キャラがブレブレになってしまった。

「あの、無理しなくっても大丈夫ですよ。そもそも本物の豚さんは、ブヒとかトンとか鳴かないですし……」

確かに。これからはリアルさを追求して、語尾は写実的にするンゴ。

「おかしな豚さんですね」

クスクスと笑う美少女。

「ところで、こちらには何のご用ですか？」

そうだった。別に、美少女のおパンツを拝みに来たわけではなかった。

あっと言って、ジェスは慌てて立ち上がり、スカートを手で軽く押さえる。

「ご、ごめんなさい。つまらないものをお見せしました……」

白いブラウスに、紺のスカート。どこかで見たような服装だった。

〈シュラヴィスに連れられてきたんだ。あいつが戻るまで、ここにいるようにって〉

「なるほど！　そういうことなら、こちらではなんですし、お上がりください」

ジェスは俺を部屋の中へと導く。部屋は居間のようだった。小さな木のテーブルを挟んで二脚の椅子が向かい合い、テーブルには何か紙が広げられている。

ここでジェスは、シュラヴィスと一緒に過ごしていたのだろう。おそらく、二人で。

ジェスは椅子の片方に浅く腰かけると、俺のことを真正面から見た。

「あの……豚さんは、私のことをご存じなんですか？」

〈え？　いや、全然知らないが……〉

たかが知人Bです。

「そうなんですね、私の名前を知っているようでしたから、てっきり……」

〈シュラヴィスから聞いたんだ。ジェスっていう俺の許嫁（いいなずけ）がこの部屋にいるから、そいつと一緒に待っていろ、って〉

「シュラヴィスさんが、そんなことを……？」

ジェスは首を傾げる。何かおかしなことを言ってしまっただろうか？

「いえ、違うんです、シュラヴィスさんは、一度も私のことを許嫁だなんておっしゃることがなかったものですから……」

〈なるほど。ちなみに、地の文は読まなかったことにして、こうやって括弧で括っている部分にだけ答えてくれると嬉しいな〉

「かっこ……はい、分かりました」

よろしい。これで、シュラヴィスがジェスの胸の大きさの話をしていたことにも、触れられずに済みそうだ。

さっと、ジェスの頬が赤くなる。ジェスは気にするように胸元を手で押さえると、横を向いてしまった。しかし地の文に触れようとはしない。物分かりがよくて助かる。

「ぶ……豚さんはどうして、言葉が分かるんですか？　もともと、人間だったんですか？」

話を逸らそうとするジェス。

〈そうだ。別の国で生まれ育ったんだが、豚のレバーを生で食べたら、気を失って、なぜかメステリアで豚になってしまったんだ。なんだか馬鹿みたいだろ？〉

「そうだったんですね……豚さんのお肉は、生で食べてはいけないと教わったことがあります。豚さんのいらっしゃったお国ではどうだったか分かりませんが、今度からは、加熱して食べた方がいいかもしれませんね」

ジェスはこちらを向いて、ちょっと不器用に微笑む。

「豚さんに向かって言うことでもない気がしますが……」

ジェスに言われたら仕方ないな。分かったか諸君。豚のレバーは加熱しろ。

きちんと加熱していたなら、こんな思いをしなくたってよかったんだ。

「あの、豚さん、目に何か入っているなら、目に何か入っているなら、洗うためのお水をお持ちしましょうか？」

〈大丈夫だ。気にしないでくれ〉

目を閉じて頭を振って、涙を振り落とす。記憶喪失ものは苦手なんだ。

〈……最近は、どうだ、元気にしてたか〉

「え、私ですか……？」

〈いや、すまん、違う。なんで俺が君のことを気遣うんだ。シュラヴィスのことだよ〉

「あ、ごめんなさい……シュラヴィスさんですね。お元気そうですよ」

〈王朝も大変な時期だと聞いた。君も含めて、みんな忙しいだろう〉

「そうですね、えっと……」

ためらうジェス。それもそうだろう。見知らぬ豚に王朝の内部事情をペラペラ話していいはずがない。

〈まあ、話せないこともあるよな。でも俺は、シュラヴィスと仲がいいこともあって、王朝の内情には割と明るい。イーヴィスが呪いを受けたことや、マーキスが北部軍を探し回っていることも聞いた。安心して話して大丈夫だぞ。シュラヴィスが帰って来たときに確認して、俺の言ったことが間違っていたら刺身か丸焼きにでもすればいい〉

「さすがに生では食べないと思いますが……確かに、そうですね」

納得した表情になると、ジェスは促さずともしゃべり始める。

「みなさん、戦のせいでお忙しそうで……私は魔法を教わっているだけで、特に大変ではなかったのですが」

〈そうか、魔法を使えるようになったのか！〉

「え、ええ……」

不思議そうに言うジェス。

〈いや、すまん、君は三ケ月前までイェスマだったと聞いていたから、そんなに早く魔法が使えるようになるのかな、と思って〉

「あ、そういうことですね。もちろん私、まだ大した魔法は使えません。ちょっと火を起こしたりはできるようになりましたが……戦には全然役に立たなくて、みなさんには申し訳ないと思っています」

〈そうか。じゃあ君は、戦いには参加せず、ここでシュラヴィスの手伝いをしてるんだな〉

「そういうことになります。手伝いといっても、ほとんど足手纏(あしでまと)いみたいなものですが……外の様子に興味があって、こうして王都の外に出してもらっているんです」

〈外に興味があるのか。いいことだ〉

「いいこと……なんでしょうか」

自信がなさそうに俯くジェスに、俺は伝える。

〈世の中には、自分にしか興味のない奴がいっぱいいる。危険を冒してでもそうやって世の中のことを知ろうとするのは、為政者として大切なことだぞ〉

「あっ、いえ……私、別に世の中のためとか、そういうつもりではないんです……」

〈そうなのか〉

「はい。実は私、お仕えしていた家を出てから王都に入るまでの大切な記憶を、イーヴィス様に封印されてしまって……でもやっぱり、どうしても気になってしまって……」

「豚さんは、ノットさんという方をご存じですか？」

純粋な瞳が、こちらに向けられた。

ノット？

〈ああ、よく知っている。友人だ。解放軍のリーダーだろ〉

「そうなんですね……。あの、私が王都に入ったのとほとんど同じ時期に、ノットさんが頭角を現し始めたと聞いて……もしかすると、それは偶然などではなく、私はノットさんにお世話になったことがあるのではないかと……私を王都へ届けたときに何かあって、ノットさんは北部勢力に追われる身となってしまったのではないかと……それが気になってしまって……だから、ノットさんを監視するという任務に、同行させてもらったんです」

すごい洞察力だな、高校生探偵か？

〈そうだったんだな。で、ノットを見てどう思った？〉

「実はまだ、あまりよく見ていないんです。このニアベルで待ち構えて、ノットさんが来たときに、シュラヴィスさんと一緒に解放軍の船へ接近したんですが、何かに気付いたシュラヴィスさんが、私をここに連れ戻してしまって……そしてここで待っていたら、豚さんが現れたという次第です」

なるほど、把握した。

「あの、豚さん。ノットさんとお知り合いなんですよね。ノットさんとは、どのようなお方なんでしょうか？　教えていただけませんか？」

熱心に、半ば縋るように訊いてくるジェス。そんなに過去の記憶が大事か。

〈いい奴だよ。強くて、勇敢で、イケメンで、イェスマ狩りを誰よりも憎んでいて……大きなおっぱいが好きな奴だ〉

「大きな……」

ジェスは下を向いた。私情で余計な情報を入れてしまった気がする。

「えっと、何が私情なのでしょう？」

聞き逃さないジェス。

〈いや、何でもない。それにしても、封印された記憶とやらを随分気にしてるみたいだな〉

「ええ、まあ……あの、こんなことを言うのはおかしいと分かっているんですが、私、何かとても大切なことを忘れてしまっている気がして……」

〈そんなことが分かるのか〉

「栞です」

〈栞？〉

「記憶が本のようなものだとすれば、今の私の状態は、家を出てから王都で暮らし始めるまでのページが、全部濡れてくっついてしまっているような感じです。でもそこにしっかり栞は挟んであって、また絶対に読み返そうと、そういう気持ちだけは残っていて……」

ハッと顔を赤くして、ジェスは首を振る。

「いけませんね、こんな個人的なお話を、ペラペラと……なぜでしょう、豚さんがお相手だと、何でも話していいような気分になってしまいます」

〈イェスマだった頃の癖が残ってるんだろう。君は最下層の人間として生きてきた。相手が人間だと、格上という印象が抜けなくて、あんまり心を開けなかったんじゃないか。その分、人間じゃない存在には自然と心が開くんだ〉

「なるほど……確かに、筋は通りますね」

興味深そうに言ってから、慌てて訂正する。

「あ、でも、豚さんのことを格下だなんて、これっぽっちも思ってないですからね！　ただ、親しみやすい方だな、と思っているだけで……」

〈分かってる、安心してくれ。俺のことは豚の妖精さんとでも思って、気軽に接してくれると嬉しいンゴ〉

クスクスと笑うジェス。

ひたすらにノットとの合流を目指していたのに、突然こんな状況になるなんて。

運命っていうのは本当に、分からないものだ。

洋上で大爆発があったのは、一向に戻らないシュラヴィスのことを俺とジェスが心配し始めたときのことだった。大きな音で、湾の入口で燃え上がる炎に気付いた。

「船が、燃えています……」

望遠鏡を覗き込んで、ジェスが教えてくれた。

まさか……間に合わなかったか？

いや、あちらにはサノンもいる。シュラヴィスがきちんと危険を報告していれば、解放軍は、そのまま外洋へ繰り出すような真似はしないだろう。何があった。

〈状況をもっと詳しく教えてくれ〉

「はい……大きな帆船がバラバラになって燃えていて……いくつか、他の船が巻き添えになっているようです。その向こうから、たくさん船がやってきます——あっ」

〈どうした〉

ジェスは眼窩に食い込むのではないかというくらい熱心に望遠鏡を覗き込んでいる。

「向こうから来るのは、帆船ではありません……おかしな形をしていて……大変なスピードで、こちらへ進んでいるようです」

その瞬間、外洋のいたるところで光が炸裂し、一秒も経たないうちにニアベルの街のところどころで爆発が起こった。海上からの砲撃か？　ということは、北部軍か？　こんなに早く？

ノットの居場所が、割れていたということだろうか……。

ジェスが窓から離れ、不安そうに胸に手を当ててこちらを見てくる。

「ど、どうしましょう……」

〈大丈夫だ。事前に俺が警告しておいた。解放軍やシュラヴィスは、ある程度なら応戦の準備ができていると思う〉

そう伝えたときには、逆にニアベル側からの砲撃が始まっていた。発砲の轟音に次いで、洋上で柱のような水飛沫が上がる。

〈どうなってる〉

　ジェスは一生懸命に望遠鏡を覗いて、俺に現状を教えてくれる。

「奇妙な形の船は、燃える船が邪魔で、まだ港へは入ってきていないようです」

　なるほど、船の炎上はこちらの計画通りということか。人の乗っていない船をわざと爆発させて、相手を巻き添えにしつつ湾への侵攻を遅らせたというところだろう。

　このレベルの戦いとなると、俺やジェスにできることはほとんどない。できるだけ安全な場所に隠れているのがいいだろう。

〈ここは安全か〉

「えと……分かりません、王朝や軍の関係者以外は入れないようになっているのですが、海からの攻撃にどれだけ耐えられるかは……」

　モタモタと悩んでいるところに、爆発音が響く。すぐ近くで、建物が崩れる音だった。まずい。この砦も攻撃を受けているようだ。

〈できるだけ砲撃を受けないところに避難しよう。ジェスはあの、防御力極振りローブみたいなのは持ってるか？〉

　えっ、と少し戸惑った後、ジェスは壁にかかっていた黒いローブを持ってくる。

「この、イーヴィス様のローブですか？」

〈そうだ。それを着て、ここを出よう〉

「分かりました」

ジェスは服の上から防御力極振りローブを纏った。

〈フードも被っておけ。いつ被弾するか分からない〉

「そうですね、でも豚さんは……」

〈俺のことは気にするな。さっさと行くぞ〉

ジェスをせっつくようにして、部屋を出る。暗く長い石造りの廊下は、五〇メートルほど先で大破している。

「豚さん、こっちです」

ジェスは下へと続く階段へ向かう。このままだと海へ降りてしまう気がするが、大丈夫だろうか？

「海岸洞窟があります。そこなら被弾しないはずです」

勝手に地の文を読んで、ジェスは階段を一足飛びに降りていく。俺は必死でその後を追う。

岩を掘って通された狭い通路をモグラのように進んでいくと、やがて大きな空間に出た。広い洞窟だ。外洋に向かって大口を開けていて、青白い月明かりがこちらまで差し込んでいる。俺たちの立っている最奥部は、小石からなる水辺になっていた。ボロい小舟が一隻、こちらに向かって乗り上げている。

砦にこんな裏口があって大丈夫なのか？　などと思っていると、ジェスは微笑んで後ろを振り返った。なんと、俺たちが歩いてきたはずの通路の出口が見当たらない。黒々とした岩壁があるだけだ。

「外からは、入り方を知っている人しか入れないようになっています。秘密の裏口です」

〈なるほど。じゃあひとまず、安心というわけか〉

万が一、外から見つかっても、追いつかれる前に来た道を戻ればいいのだ。俺たちが中に入ってしまえば、追手はそれ以上ついてくることができない。

——というのは、あまりに甘い考えだった。

遠くの水面下で何か動いていると思えば、その何かは恐ろしいスピードでこちらへ一直線に接近し、トビウオのように空中へ飛び出してきた。三メートルはありそうな巨体——

俺とジェスは迷わず、同じ方向に跳んで襲撃をかわした。

「オグです！」

ジェスが叫ぶと同時に、オグは俺たちの立っていたまさにその場所——砦(とりで)の出口がある岩肌に衝突した。そしてあろうことか、まるで少年漫画のように、岩の方が崩れた。

ゆっくりとオグは立ち上がる。ボディービルダーを二倍に相似拡大したようなシルエット。海水で濡(ぬ)れた暗灰色の肌。やたら長い指と、頑丈そうな水掻(みずか)き。

泳ぎの速さを見て納得した。こいつらが船を曳(ひ)いて移動することで、王朝の追跡を逃れるほどの機動力を手に入れているのだ。

場違いなことを考えている間に、オグはこちらに顔を向ける。人間の男の顔にも見えたが、全体がいびつに膨らんでいてとても恐ろしい。

「う……だ……？」

低い唸り声が、その乱杭歯の隙間から漏れてくる。

ジェスを見る。真っ青な顔をして、じりじりと後ずさっている。まずい、打つ手がない。しかしジェスは、あの防御力極振りローブを着ている。俺が囮になっていれば、その間に逃げてくれるだろうか？

――ダメです、こちらに来てください。できる限りのことをします

ジェスの目は、怯えた色を湛えながらも、まっすぐにオグの顔へと向けられていた。

俺も引き下がって、ジェスのすぐ隣へ行く。するとジェスは、オグのいる方に向かって両腕を大きく広げ、それから素早く手首を返した。バッシャーと、大量の液体の撒かれる音がする。振り返ると、今にもこちらへ襲い掛かろうとしていたオグが、途端に足を止めるのが見えた。給油中の自動車の中みたいなにおいが、ぷんと漂ってくる。

思い出す。

――もちろん私、まだ大した魔法は使えません。ちょっと火を起こしたりはできるようになりましたが……

ジェスが何をしようとしているか察して、咄嗟にジェスを押し倒し、折り重なるようにしてその小さな身体を庇う。次の瞬間には、暴力的な爆発音とともに、視界が光に包まれた。

さっきのにおいはガソリンのものに近かった。揮発性の燃料で、火をつければ、その液体がある場所だけでなく、周囲にまで炎が及ぶ。

これでちゃんと加熱してもらえたな、などとアホなことを考えていると、細い腕が俺の頭蓋をぎゅっと抱きしめているのに気付いた。熱くない。

ジェスが咄嗟(とっさ)に、防御力極振りローブで俺を覆ってくれたのだ。鼻先がちょうど、ジェスの胸に挟まれている。その感触を詳細に描写したいところだが、ちょっとそんな場合ではない。

爆発が収まったタイミングで、俺は転がってジェスから離れ、オグのいた方を警戒する。

オグは炎に包まれたまま水際(みずぎわ)をのたうち回っていたが、やがて動かなくなった。

〈……大丈夫か、ジェス〉

「ええ、豚さんは」

〈大丈夫だ〉

「そうですか、よかった……ごめんなさい、まだ不慣れで……」

〈いや、いいんだが……魔法の威力おかしいだろ〉

ジェスは上半身を起こした姿勢で、ポカンとする。

「……弱すぎって意味ですか？」

〈なに異世界ものの主人公みたいなこと言ってんだ。強すぎて、制御しないと危ないってことだ。今のこの場面だったら、揮発性の燃料を使う理由はなかっただろ。こういう半ば閉鎖的な

空間でならなおさらだ。酸欠になるかもしれないし、危うく焼豚になるところだったぞ〉

「そうでしたね、すみません……」

〈まあいい。庇ってくれて助かった。ここはもう危険だ。機を見て、小舟で外へ逃げよう〉

小舟は特別仕様のようで、ジェスが縁を触るだけで勝手に進んだ。俺たちは手近な岸で舟を乗り捨て、海岸に広がる松林の中へ逃げ込んだ。

ここまで来れば大丈夫だろう、と思っていると、カンという音がしてジェスのローブが何かを弾いた。小枝を踏む音が聞こえる。見ると、三人の男がこちらを向いていた。一人はクロスボウを構え、あとの二人は槍を持っている。汚れた革製の防具。王朝軍の兵ではなさそうだ。

「こんなところに何の用だあ？　お嬢ちゃん」

——逃げましょう

ジェスはテレパシーで俺に伝えると、三人に背を向けて走り始めた。再びカンと音がして、ローブがクロスボウの矢を弾いた。俺もジェスに続いて、暗い松林の中を走る。

ヘラヘラと笑いながら、三人は俺たちを追跡してくる。ジェスはハアハア言いながら必死で逃げ続ける。

ジェスたそに凶器を向けるなんて、絶対に許せない。ジェスに提案する。

〈ここは開放空間だ。さっきのやつ、後ろにぶちかましてみたらどうだ〉

——でも、あの方たちは人間です……

〈人間は焼けないか〉

──ごめんなさい……

〈謝ることじゃない。人を殺せないのはいいことだ。じゃあ、俺がかき乱してあいつらを立ち止まらせるから、あいつらと自分との間に火を放つんだ。炎の壁で足止めしよう。松林だから、よく燃えるぞ〉

──でも

とジェスが引き留める隙を与えず、俺はくるりと方向転換した。

迫ってくる追手。そちらをめがけて、俺は思い切り突進する。

「ンゴンゴンゴンゴォ！」

大きな音で鼻を鳴らしながら、爆走。奴らは驚いて立ち止まった。俺はその隙に、闇に紛れて追手のすぐ横を通り抜ける。足は止めた。任務完了だ。後は巻き添えを食らわないよう大回りをして、ご主人様のもとへ戻るだけ。松林の中を駆けつつ、ジェスに伝える。

〈炎の方は見るなよ。暗いところに目が慣れるのには時間がかかる〉

──はい。いきます！

バッシャアア、と、思ったよりも大量の液体の振り撒かれる音が聞こえた。

次の瞬間、耳の張り裂けるような爆音が轟き、俺は咄嗟に目を閉じた。熱風が背中を撫でる。

目を開けると、巨大なきのこ雲が天を衝くように盛り上がっているところだった。

ようやく、ジェスと合流した。

〈あのなあ……〉

俺が伝えると、ジェスは額に汗を浮かべて、困った顔で言う。

「あれ……また私、何かやっちゃいました？」

お前マジで異世界ものの主人公か？

〈いや、いいんだが、あんなに派手にやる必要はなかったと思うぞ。むしろこんな暗い夜にあんな大きな炎を上げてしまうと、遠くからでも目立ってしまう〉

「た、確かに、そうでした……」

〈早く移動しよう。目立つといいことはない〉

追手はまいたようだった。というか、うっかり焼けていてもおかしくはない。まあジェスたそに刃を向けた罰だ。

「あの……たそって何でしょう？」

汗をたらたらと流しながら、ジェスは訊いてくる。

〈敬称みたいなものだ、地の文は気にするな。……ところで、具合は大丈夫か？〉

「えっと……ごめんなさい、大丈夫です」

走り続ける。ジェスを見ると、左手を胸に当てながら、必死な表情で走っている。

〈いったん止まろう〉

　俺が提案した途端、ジェスは立ち止まると、松の木の根元に座り込んでしまった。どうも様子がおかしい。

〈どうした、調子が悪いのか〉

「いえ、大丈夫です……元気です！」

　両手を握って、がんばるぞい、というように小さくガッツポーズをするジェス。涼しい夜に、汗だらけの顔――大丈夫ではなさそうだ。

〈なあ、俺の背中に乗らないか〉

「えっ……？」

〈慣れない魔法を使って疲れが出たんだろ。背中に乗ればいい。俺が運んでやる〉

「でも、そんな……」

〈俺も一度、人を背中に乗せたことがあるんだ。乗り方さえ間違えなければ、大丈夫だ。俺もそんなに負担にならない。さあ〉

　それならと、ジェスは大人しく俺の背中に跨った。

〈後ろの方に座って、脚でしっかり俺を挟むんだ。手に体重をかけて……そうそう〉

　歩いてみる。「んっ」などのいけない声は聞こえてこない。大丈夫そうだと判断し、松林を駆け抜けて海岸とは反対方向へ急ぐ。

〈どうだ、快適か〉

「え、ええ……」

はっきりしない返事に、チラリとジェスを見る。つらそうに、顔をしかめている。

〈具合が悪いか〉

「いえ、そうではなくて……ただ、ちょっと変な感じがして……」

慌てて立ち止まる。いけない場所が擦れてしまったのだろうか。

「違うんです、どうしてでしょう」

ジェスの手が、俺の背中で細かく震えているのが分かった。

「……どうして涙が出ているんでしょう」

ジェスは、声を出さずに泣いていた。どうしてかって？　そんなの俺が訊きたいくらいだ。

〈目に異物でも入ったんじゃないか〉

と軽口を叩いてから、少し後悔して、伝え直す。

〈不安なんだろう。大丈夫だ、俺がそばにいる。一緒に今晩を切り抜けて、王都へ帰ろう〉

「はい」

走る。目指す場所は、正直分からない。ただこの少女を、安全な場所に送り届けるのが俺の使命だ。たとえどんな危機が迫ろうとも――

「おうぁ……あうぅぉお」

低い唸り声が聞こえた。またか、と思う暇もなく、一体のオグがこちらへ突進してくる。た

だ、水中に適応しているせいか、松林では足取りが重い。

向こうは風上だ。オグの不快なにおいの向こうから、複数の人間のにおいと、火薬のにおいが漂ってくる。まずい。

俺は方向転換して、オグから逃げる方――ニアベル中心部の方へと走った。

〈ジェス、前方は任せろ。あのオグを狙えるか〉

――やってみます
松の木を避けて、ジグザグに走る。巨大な水塊の弾ける音が何度か聞こえ、そのたびに濃密なガソリンのにおいが嗅上皮を刺激する。

――ごめんなさい、当たりません……

〈そうか、早まるな、まだ火はつけるな〉

まずい。こちらは風下だった。今着火すればある程度の目くらましにはなっただろうが、確実にこちらも巻き添えになる。

突然バランスが崩れ、何かと思えば、ジェスが俺の背中から滑り落ちてしまった。おいおいマジか？　立ち止まってジェスを見ると、その青白い顔が月光に照らされていた。汗がだらだらと流れているが、安らかに目を閉じている。呼吸はある。失神したようだ。

ある程度稼いでいたオグとの距離が、急激に縮まっていく。あかん。死ぬ。

ジェスを鼻面で持ち上げてひっくり返し、うつ伏せにする。息苦しそうだったので、顔を少しだけ横に向け、フードでそのきれいな横顔をすっぽり覆う。これがジェスの顔を見る最後の機会になるかもしれない。だがよかった。また会えただけで、元気にしていると分かっただけで、俺は満足だ。今夜、世界からこの豚が消えても、ジェスはきっと大丈夫。無自覚カンスト系チート魔法使いとして、立派に成長していくだろう。

勝負だ。

迫ってくるオグに対して、逆に突進していく。右脚に体当たりして自分の勢いを殺し、身体をひねって左のアキレス腱を噛む。思っていたよりもずっと硬い。木材を噛んでいるようだ。大したダメージを与えられなかったにしても、気を引くことはできた。俺がンゴンゴ言いながらジェスとは反対方向に走ると、オグはこちらを追ってきた。単純で助かる。

俺の前方には六人の武装した男たちがいて、こちらに向かって走っていた。さっきの火薬のにおいから推測した通り、一人は銃を持っている。

ガソリンの濃密なにおいに包まれる。さっきジェスが燃料を乱射した区画に入ったようだ。メステリアでは燃料に関する基礎的なルールが浸透していないと信じたい。例えば、揮発性の燃料が香っている場所で火を使ってはいけない、ということなどが――

「ンゴンゴンゴォォォオ！」

可能な限り大声で叫びながら、男たちに向かって突進する。銃を持った男の隣を走っていた、槍を持つ男に激突。そいつはバランスを崩して倒れた。

「ンだこいつ！」

誰かが悪態を吐くのが聞こえる。

「ンゴw」

馬鹿にしたように鼻を鳴らしながら、迫りくるオグの方へ戻る。俺は男たちとオグに挟まれる形となった。

「ンゴォオ？」

銃を持つ男の方を向いて煽るように鳴くと、奴は痺れを切らしたように、こちらへ銃を向けた。

パン。

「死ねクソ豚がぁ！」

急いで走り、オグからも男たちからも遠ざかる。全速力だ。豚は短距離走者並みのスピードで走ることができるのだ。きっと逃げ切れる。猪突猛進!!

発砲音が響いた。その瞬間、視界がホワイトアウトし、身体が宙に浮き上がるのを感じた。音だか風圧だかで鼓膜が張り裂けそうだ。俺は爆風で吹き飛ばされて、地面に落ちた。

針状の松葉がフカフカと積もっていたおかげで、骨に別状はないようだった。ただ、文字通り尻に火が付いたような痛みが襲う。火傷をしたようだ。

振り返ると、辺り一帯が焼け野原になっていた。オグや男たちの姿はない。まああの場所にいたら、生きてはいられないだろう。焼肉どころの話ではない。

命拾いしたことに感謝しながら、ジェスと別れたところへ急ぐ。林の中、黒いローブにすっぽり覆われた少女を捜し出すのはなかなか骨が折れたが、最終的には鼻が解決してくれた。こんなにいいにおいを、嗅ぎ損ねるわけがない。石鹸は何を使っているのだろうか。

風向きが変わり、火はこちらへは来ていない。美少女の身体を鼻でひっくり返す。

〈大丈夫か〉

返事はない。顔に耳を近づける。呼吸はある。こんなに気を失うなんて、何事だ。病気じゃないだろうな。

魔法の使いすぎだろうか。あんなに燃料をばら撒いたのだから……。

「おっ、可愛いお嬢さんじゃねえか」

気が付くと、泥色のローブを羽織った背の高い男が一人、こちらに向かって歩いてくるのが見えた。鉈のような形状の刀を持っている。ここは戦場だ。イエスマでなくても、こんなに可愛い女の子が一人で倒れていたら何をされるか……。

勘弁してくれ。もうこれ以上は打つ手がない。

「悪ぃな豚さんよ、飼い主様はもらっていくぜ」

俺は急いで、ジェスを持ち上げて背中に乗せようとする——が、いくら細身の美少女とはいえ、脱力した身体を背負い上げるのは難しい話だった。ダメ元で突進するか？　だがあのヤバそうな刀でやられたら、さすがにブロック肉になってしまう。後ろ脚も自由に動かない。

しかし、やるしかない。俺が死ぬとしても、ジェスの助かる見込みがあるなら――

そのときだった。空から巨大な猛禽が急降下してきたかと思うと、泥色のローブの男に直撃した。男は頭部を強打され、吹っ飛んで倒れたきり動かなくなった。首があり得ない方向に曲がっている。

「遅くなったな。よくぞ戻ってきた、勇敢な若者よ。その度胸は認めよう」

声の方を見る。猛禽のように見えたそれは、片膝をつく一人の男だった。背中から、巨大な鳥の翼が生えている。

男がこちらに黒い手を伸ばすと、尻の痛みが引いていくのが分かった。魔法使いか……？

金の刺繍が入った紫のローブを着ている。こちらに向けられた顔には見覚えがあった。白髪の老人。長い髭。顔が謎の黒い網目模様に覆われていたが、それは紛れもなく、メステリアの王、イーヴィスだった。

「ジェスはエクディッサを起こして気絶しておる。しばらく起きることはない」

突然の出来事に圧倒されている俺に言うと、イーヴィスはジェスの方に手を向けた。エクジソンが何だって？　ジェスを回復してくれるのだろうか。

「違う。ジェスの記憶の封印を、かけ直しておるのだ」

イーヴィスは手を戻すが、ジェスは動かない。こんな状況で、記憶の封印が大切なのか。

〈あの、イーヴィス様、私はどうすれば……〉

「起きぬからといって、いたずらをするでないぞ。しばしここで待っておれ。困ったときは鼻を鳴らせば、すぐ戻る」

そう言って、イーヴィスはフラフラと立ち上がると、翼で大きく空気を打ち、不器用に飛び立っていった。

いや、ジェスたそにいたずらなんてするわけがないが……。

それにしてもイーヴィス……呪いを受けて伏せっていたのではなかったか？　あの顔の黒い模様がそうだったのか？　もしや、その状態で、王都からここまで飛んできたというのか？

急なことで混乱する。とりあえず落ち着こうと思ってジェスのうなじを嗅いでいると、湾の方で、核爆発かというような光が炸裂するのが見えた。とてつもない閃光が松林にまで差し込み、地面に白黒の縞模様が刻まれる。

十秒ほどで、光は収まった。それからほどなくして、俺の前に人が落ちてくる。

どさり。

着陸というよりは、墜落だった。松葉まみれで弱り切った王の姿が、そこにはあった。

「安心しなさい。北部軍の主力を壊滅させた。ニアベルに押し寄せた北部軍は、もう撤退せざるを得んだろう」

この一瞬で？　俺ＴＵＥＥＥどころの騒ぎではないぞ？

「これがメステリア最高の魔法使い、イーヴィスの技よ。語り継ぐがよい」

イーヴィスは墜落した体勢のまま脱力し、地面で仰向けになった。

〈あの、イーヴィス様、お具合は……〉

「健康に見えるか」

空を見たまま、イーヴィスが言う。俺は歩いてその顔に近づく。

〈すみません、何か……お力になれることはありますか〉

「そなたはジェスを助けてくれた。それだけで十分な働きであったが……そうだな。勇敢な若者よ、私を看取(みと)ってはくれぬか」

は……？

〈おっしゃることがよく分かりません〉

「私もさすがに力尽きてしまった。呪いを抑え込む魔力はもうない。もともと不可逆的に進行していた致死の呪いだが、ようやく、その目的を果たす段階に達したようだ」

イーヴィスの顔は、手は、おぞましい網目状の黒い模様で覆われていた。

〈呪いを受けたのですね。いったい、誰に〉

「分からぬ。相当に強い執念を秘めた魔法使い……王朝の外におる、正体不明の、闇躍(あんやく)の術師によるものだ」

魔力を制限されていない魔法使いは、王の家系だけではなかったのか。だからこそ争いが起こらず、王朝はその圧倒的な支配を維持できたのではなかったか。

「このメステリアは、暗黒時代終結以来、最大の混乱に瀕しておる。闇躍の術師。北部の反乱。解放軍の結成。そしてそなたら、異界の者の出現——思えばどれも、イェスマなどという醜い階層をつくり出した我が王朝の、身から出た錆かもしれんな」

〈その通りだと思います〉

イーヴィスは胸郭を細かく上下させた。笑っているつもりらしい。

「勇敢な若者よ。よい度胸をしておる。その心意気を、買ってもよいか」

〈どういう意味ですか〉

「最後の最後で、方針転換をしたいのだ」

隙間風のような音で深呼吸して、イーヴィスは続ける。

「シュラヴィスから聞いておるかもしれんが、私の子マーキスは、極端な男だ。このまま王になれば暴走しかねない。北部王朝を干渉せず見張っておれと言ったのに、約束を破り、奴らの王城を焼き尽くしてしまった。力に溺れて、力ですべてを解決しようと思っておるのだ。だが結果を見てみなさい。北部軍はまだ残っており、もはや誰が中心か、どこを攻めればよいのかも分からぬ状態だ」

〈それで、どのように方針を転換するというのですか〉

「そなたを異界に帰すのはやめる。そなたには王朝に残り、シュラヴィスやジェスを支えてほしいのだ。そなたが正しいと思う方へ、彼らを導いてもらいたい」

　俺が……？

「そなたらがこの時点で再びメステリアへやってきたのには、やはり意味がある。純真な少女の願いの力は、恐ろしいことにまだ続いておるようだ。私はそれを信じてみたい」

　考えてみる。ジェスの願いはまだ続いており、現代日本からメステリアへ、眼鏡オタクの転移を可能にしている。俺を一度呼んだだけではなかったのだ。

　そして今回の、俺の転移先。なぜ俺は、ジェスではなくセレスのもとへ転移したのか。今思えば、それが一番、メステリアのためになるからではないか……？

　もし俺が、まっすぐジェスのもとへ行っていたら、と考えてみる。俺がバップサスで北部軍を見かけることはなく、首輪号でノットから北部勢力（ノザン）の話を聞くこともなかっただろう。すると、今回の北部軍の襲来を予測して、シュラヴィスに伝えることもできなかった。その場合、今回の戦で、解放軍は本当に全滅していたかもしれないのだ。

――あのとき豚さんは、人間に戻るため、私と共に王朝へ行くしかなかったでしょう？　私は賢くありませんから、祈禱（きとう）のときにそこまで考えていたわけではありません。でも一緒に王朝へ行くことが決まってから、気付いたんです。もし豚さんが人間だったら、豚さんには私と同行しないという選択肢もありました。でもそうじゃなかった。あなたが人間でなくて豚さんの姿になってしまったのは、私の願いがそうさせたからなんですいつかの言葉を思い出した。

ジェスの願いは、明らかにジェスの知恵の範囲を逸脱している。そして、上手くいっている。これに乗ってみようというのは、あながち、突飛なことでもないのかもしれない。

〈理解しました。私としても、ジェスやその婚約者を守れるのは嬉しいことです〉

ただ。

〈一つお訊きしてもいいですか〉

「何でも申せ。死ぬまで答えてやろう」

〈イーヴィス様は、豚を「そなたら」と言いました。私以外にもいることを、ご存じなのですね？〉

「そうだ。私は分析や予知の魔法が得意でな。大きな魔法のうねりを読むことができる。そなた以来これまでで合計七回の異界転移があり、今は全部で三匹の考える豚がおるようだ」

やはり、そうか。

〈私と、解放軍とともにいる黒豚と、あともう一匹――そのもう一匹は、北部の、支配者の、近くにいる、イ、ノ、シ、シではありませんか〉

「そこまでは分からぬ。だが北部におることは知っておる。なぜそう思った」

〈私たちは三人で、一緒に再転移を試みたんです。ですが一人、行方不明になっている仲間がいました。そいつは前回、北部に転移していた。今回もそうじゃないかと思ったんです〉

不可解だったことを、思い出す。

――そして、残る疑問はもう一つ。俺たちがメステリアに再び転移してきた翌朝にバップサスが襲われたのは、はたして偶然なのだろうか……？

あまりにもタイミングのよい襲撃。ノットの言葉に、引っかかるものがあった。

――収容所(ガバン)でイノシシが暴れてイェスマが逃げたとかで、俺の拷問は中途半端(ちゅうとはんぱ)なとこで終わったんだ

豚はイノシシを家畜化した生き物だ。イノブタなんていうものがいることからも分かるように、両者は交配可能で、かなり近い生き物である。イノシシが暴れてイェスマが逃げた？　ひょっとすると、もう一人の眼鏡オタク、ケントがそのイノシシだったのではないか？

俺たちと同時に北部へ転移したケントは、すぐにイェスマを逃がそうと騒ぎを起こした。しかしそのせいで北部の長に捕らえられてしまい、ノットに所縁(ゆかり)があり、他の豚が転移したかもしれない村の名前を吐いてしまった。北部勢力(ノザン)はそこで急遽(きゅうきょ)、外洋にいた軍をバップサスまで派遣した。憎きノットの拷問を中断してそちらに注力したようだから、相当に急いだのだろう。そして、俺たちの転移した翌日にはバップサスに兵を送ることができた。

「大いに正しいと感じる。その推理で、概(おおむ)ね間違いないだろう」

イーヴィスの呼吸音に、カエルの鳴き声のような不吉な音が混じり始める。

「そろそろ時間のようだ。王家の者には、言いたいことはすべて言ってある。ギリギリまで、

私を問い詰めてよいぞ」

〈そんな……イーヴィス様からは、私に言っておきたいことはないのですか〉

「あえて言うなら……ジェスのことだ」

〈ジェス——記憶のことでしょうか〉

「ああ。私がジェスの記憶を封印したのは、もちろんそなたの存在が政略の上で邪魔だったということもある。ジェスはあまりにひどく落ち込んで、使い物にならなかった。だから記憶を封印した——と言うと、正しくはあっても、かなりの語弊がある」

〈他に目的があるのですか〉

「その通り。第一の目的は、ジェスの魔力を成長させるためだ」

〈魔力？〉

「魔法というのは不思議なもので、当人が本心から望んでおることが何よりの駆動力となるのだ。ジェスは封印された記憶をたいそう気にしておる。取り戻したいという欲求は強烈だ。そして取り戻すためには、私の魔法を破らねばならぬ。するとどうなるか」

〈魔法を強くしたいという欲求によって、魔力が成長する〉

「その通り。ジェスは生来、ヴァティス様以来最高の魔法使いになる可能性を秘めた子だ。自力で記憶を取り戻そうとすることが、その第一歩となる。そなたにはそんな私の意図を汲んで、ぜひ、ジェスが自力で記憶を取り戻すまでは、決して秘密を明かさぬようにしてほしい」

………。

〈逆に言えば、ジェスは記憶を取り戻す可能性があるということですか〉

「十分にあるだろう。そして私が思っておったよりも、それはずっと早いかもしれぬ」

イーヴィスはこちらに顔を向けた。おぞましい模様に覆われたその顔で、優しい瞳が、豚を通り越して、ジェスの方へと向けられる。

「この国がこの先どうなるかは、メステリア最高の魔法使いをしても全く分からぬ。そんななかで私は、ジェスの切実な祈りに、そしてその祈りが呼び寄せたそなたに、未来を託したい」

〈……はい〉

「最期に、一つだけ」

息をのんで、続きを待つ。囁きのような声で、イーヴィスは言う。

「そなたのおった世界とこのメステリアとの絆は、泡沫のように不安定だ。その豚が死ねば、おそらく次はない。そしてあまり長居すれば、二つの世界は離れてしまい、そなたはこちらで豚として死ぬしかなくなる」

イーヴィスは俺を見た。

「勇敢な若者よ。ここぞというときまで、命は大切にしなさい。そして、ここぞというときに帰りなさい」

そうか。

〈分かりました。その言葉、心に刻みます〉

――よろしい

イーヴィスは遂に口を動かさなくなり、俺の脳に直接、想念を伝えてきた。

――皮肉だな若者よ。そなたと最初に別れたときと同じ魔法で、再びそなたと別れるわけだ

イーヴィスの目が閉じる。その右手が弱々しく動き、胸の上に置かれた。

――この国を頼む

それが、少女たちの不幸の根源となっていた男の、最期の言葉だった。

# 断四章 大切なもの

the story of a man turned into a pig.

夕飯前、私はイーヴィス様に呼び出されました。

様々な術の復習をして全身汚れてしまっていた私は、急いで身を清め、言伝通りにホールへ行きました。大きなホールです。高いドーム天井にはきれいな色彩の絵画。柱の前には巨大な石膏像の数々。大きな円卓を、フカフカの椅子が囲んでいます。

イーヴィス様は、入って正面に座り、待っていらっしゃいました。

「隣に来なさい、ジェス」

私は早歩きで向かいます。イーヴィス様の手脚は細っていましたが、きちんとした姿勢でお座りになっています。魔力で支えているのではないか、と私は考えました。

私は座ります。王様のすぐそばです。

「お具合は、大丈夫なのですか……？」

「心配無用。ベッドの中で飯を食べるのにも飽きたのでな」

「そうでしたか……ところで、ご用というのは？」

「そなたに渡したいものがある」

「はい」

イーヴィス様が脇に目をやると、そちらから二つのものがふらふらと浮遊してきて、円卓の上に置かれます。片手に乗るくらいの小さな銀の箱と、片手には収まりきらないほど大きな金の鍵です。

「これは……何でしょうか」

「私には先見の明がある。これを使うべき未来が見え始めたので、渡しておく」

「未来……?」

私が訊き返すと、イーヴィス様は優しく微笑みました。

「私はジェスの記憶を封印したとき、他にもそなたが大切にしておったあるものを取り上げた。それがこの箱の中に入っておる」

「そう……なのですか」

「いかにも。しかしこの箱は、この鍵がなければ開かぬ」

隣にある金の鍵を、イーヴィス様は示します。

「それだけではない。正しい者がこの鍵を使って開けなければ、鍵が差し込まれたその瞬間に、箱は焼かれて消滅する。中に何が入っておったのか、それが明らかになる機会は未来永劫失われる」

ホールに他の方はいらっしゃいません。とても静かです。

「あの……正しい者、とは、どのような意味でしょうか」

「この中に入っておるのは、そなたとある者が共におった証。その者が鍵を使わなければ、この箱は開かん。それ以外の場合、証は失われる。試せるのは、たった一度だけだ」

「……分かりました。でも、どうして鍵が、こんなに大きいのですか？」

しばらく言い淀んでから、イーヴィス様は言いました。

「それは自分で考えなさい」

どのような理由か皆目見当もつきませんでしたが、イーヴィス様の言うことです、私は頷きました。

「分かりました、いただきます」

「大切に、部屋にしまっておきなさい。今から置いてくるとよいだろう。ジェスが戻ってきたら、夕飯にしよう」

その日の夜は、特別に豪華なお食事でした。大きな海老の香ばしいローストや、トロリとした仔牛の煮込み、色とりどりの野菜。少し、食べ過ぎてしまったかもしれません。

イーヴィス様、シュラヴィスさん、ヴィースさん、私。とても楽しくお話をして、食後にお茶をいただいて、ゆっくりと過ごしてから寝室へ戻りました。

シュラヴィスさんと私が翌朝に王都を出るからだったのでしょうか。特別なお食事会となった理由は、結局、分かりませんでした。

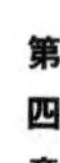

# 第四章 気持ちはなるべく早く伝えろ

the story of a man turned into a pig.

行方不明となっていたシュラヴィスから連絡が来たのは、海戦の翌朝のことだった。

古風な内装の王の執務室には、王マーキス、王妃ヴィース、ジェス、そして豚という三人プラス一匹が揃(そろ)っていた。王朝の中枢は現状、なんとこれだけだ。

マーキスは年季の入った木の机についており、ジェスとヴィースはその前にあるソファーに、俺は床の絨毯(じゅうたん)に座る。深刻な家族会議に巻き込まれたペットの気分だ。

昨晩、戦闘が終わったニアベルに到着したマーキスは、俺とジェスと亡(な)きイーヴィスを回収し、龍で俺たちを王都まで送り届けた。

しかし、シュラヴィスは見つからなかった。イーヴィスがシュラヴィスにつけていたという位置魔法も、なぜか解除されていた。

自らの失態からか不機嫌になっていたマーキスは、一人息子のシュラヴィスを捜索に行くことすらせず、一晩中執務室に座ってシュラヴィスからの連絡を待っていたらしい。ようやくその消息が明らかになると、俺たちを呼び集めたというわけだ。

マーキスは、思っていたよりも細い男だった。短気で極端、火祭り好きと聞いていたから、ている。

てっきりムキムキの脳筋なのかと思っていたが、そうではない。いかにもウォール街でマネーゲームをしていそうな金髪オールバックのスリムな中年で、薄い唇をいつも神経質に笑わせている。しかし、濃い眉の下から覗く目は笑っておらず、灰色の瞳をいつもぎらぎらと光らせている。

「シュラヴィスは」

低く淡々とした声でマーキスは言う。

「父上の命に背いて解放軍と共闘した挙句、エクディッサを起こした隙に解放軍の捕虜となってしまったらしい。身柄引き渡しの条件として、解放軍との同盟を発表しろと。そう私宛てに手紙をよこした」

マーキスは小さな紙きれを机に投げ捨てた。

「シュラヴィスさんが、捕虜に……申し訳ありません」

ジェスはおろおろと動揺した様子で言った。ヴィースがその肩に手を置く。

「あなたのせいじゃありませんよ。独断で動いたあの子が悪いんです」

「そもそも父上が、未熟な女のお前にシュラヴィスの護衛を任せるわけがないだろう」

人差し指でコンコンコン机を叩くマーキス。キツツキ型パワハラ上司か？

「シュラヴィスは父上の死を知らずに、それでもあえて私に手紙を出した。手紙には、父上には内密に事を進めるよう書いてある。狡猾な奴だ。父上なら解放軍との同盟は絶対にしないと分かっていたからだろう。あいつは、解放軍と王朝とが手を組むことを望んでいるのだ」

マーキスの口がニヤリと笑う。

「あいつは位置魔法も自ら解除していた。エクディッサのせいで消えたと書いていたが、父上はシュラヴィス本人ではなくて、あいつのローブに位置魔法を仕込んでいたはずだから、それは嘘に違いない。そして何より、エクディッサを四回経たあいつが捕虜となったまま動けないのもおかしな話だ。非魔法民など灰にしてやればよかろうに。つまり、あいつはあえて逃げずにいる。自分の身柄を人質にして、父親を利用する気だ」

なるほど。そういうことか。……FF外から失礼します。

〈マーキス様は、同盟についてはどうお考えですか〉

冷たい目が、豚を見下ろす。

「私は父上とは違う。使えるものは何でも使う。解放軍も、有用なうちは存分に利用したいと考えている。だから、最終的には殲滅するにしても、解放軍と形ばかりの同盟を築くことにも吝かではない。……そもそも、ノットを闘技場から逃がしたのは私だ」

「そうだったのですか……！」

ヴィースが驚いた様子で言った。俺も驚いた。ノットを逃がしたのは、イェスマの少女じゃなかったのか？

マーキスは俺をチラリと見ると、続ける。

「父上には無断の作戦だったがな。解放軍は民衆への影響力が大きいから放置するにしても、決して態度は軟化させず、我々は我々だけで北部勢力一掃のために綿密な準備をする——それが父上の方針だった。仮にも王朝の制度に異を唱える奴らと手を組む気は毛頭なかったのだろう。私も解放軍の人間への干渉を厳しく制限されていた。だがもう父上はいない。私は解放軍と、それを支持する民衆の盛り上がりを、徹底的に利用するつもりだ」

希望が見えてきた。シュラヴィスのおかげだ。

〈それではマーキス様……〉

「ああ。最終的な奴らの扱いはまた別として」

マーキスはようやく、人差し指の動きを止めた。

「北部勢力一掃のために、解放軍との同盟を発表する」

俺とジェスは、一緒に風呂場へ行った。

何か期待した諸君には申し訳ないが、目的はイチャラブ入浴ではない。誰にも盗み聞きされないところで話がしたいと言ったら、ジェスが風呂場を選んだのだ。

風呂場は青や紺を基調としたタイル張りで、大きな円形の浴槽が中央に据えられていた。ジェスはソックスを脱いで生脚になって風呂場に入ると、生脚で小さな腰かけに座り、生脚のまま、俺をブラッシングしてくれた。

「昨晩のお礼というほどでもないのですが……その、私にできることはこれくらいなので……お話ついでに、させてください」

そう言いながら、生脚のジェスは桶でゆっくりと俺にお湯をかける。

「ところで豚さんは、生脚がお好きなのですか……？」

なぜ分かった……？

〈まさか、そんな変態みたいな。女の子は脚だけじゃなくて、全身好きだぞ〉

ジェスはドキリとした様子で、胸に手を当てる。

「あの……全身はちょっと……恥ずかしいです」

？？？

〈いや、別に見せろと言ってるわけじゃないからな？〉

「そ、そうですよね、ごめんなさい」

天然なのか、ジェスのガードの甘さにはハラハラさせられる。頼み込めば脱いでしまいそうなこの危うさは、早くどうにかした方がいいと思う。

「あ、あ、あの、そんなことないですから！　裸は、特別な方にしか見せませんよっ！」

そうか。特別な奴だけか。

〈それならよかった。ブラッシングありがとな〉

「いえ」

ジェスはちょっとだけ微笑(ほほえ)んだ。

朝になってようやく目を覚ましたジェスは、イーヴィスの死とシュラヴィスの失踪を受け入れ切れていない様子だった。しかし、このくだらない会話で幾分か調子を取り戻してくれたようで、何よりである。

「それで、お話というのは？」

俺の耳の後ろをブラシでこすりながら、ジェスが訊(き)いてくる。

〈まず訊(き)きたいんだが……「エクディッサ」って、何だ？〉

「脱魔法(エクディツサ)というのは、魔法使いの脱皮のようなものです。たくさんの魔法を使ったりすると、一時的に意識と魔力を失ってしまい……起きたときには、魔力がより一層強化された状態になります」

〈なるほど、レベルアップみたいで面白いな。ジェスは昨日のが初めてか？〉

「いえ、三回目です」

マーキスは、シュラヴィスが四回の脱魔法(エクディツサ)を経験したと言っていたな。

〈じゃあ今のジェスは、昨日のシュラヴィスと同等に戦えるということか〉

「えっと、それは違うと思います。使える魔法の種類やそもそもの経験が、違いすぎますから……シュラヴィスさんは小さい頃からずっと、魔法の訓練をされてきたんです」

そうなのか。まあそれはさておき。

〈脱魔法（エクディツサ）を起こすと、無防備になってしまうということだよな？　その隙にシュラヴィスは捕らえられたと、マーキスはそう考えてるわけだ〉

「ええ。脱魔法（エクディツサ）を起こしてしばらくは、意識も魔法による保護もなくなり、とても無防備な状態になるんです……私も昨日、松林でオグに追いかけられた後、何があったか全然憶（おぼ）えていなくて……」

よかった。こっそりうなじを嗅いでいたのには、気付かれずに済んだようだ。

「えっ」

あっ。

〈……ともかく、本題に入ろう。真面目な話をするぞ〉

「そ、そうですね！」

顔を赤くして、後ろ髪を撫（な）でつけるように触るジェス。

〈もう一つ質問だ。一度無防備になっても、目が覚める頃には、魔力は戻ってるんだよな？〉

「ええ、そうですが……」

〈そうか。するとマーキスの話はおかしいよな〉

「はい？　え、ええと、そうでしょうか……」

そうか、シュラヴィスと解放軍の遭遇を見たのは、王朝では俺だけだったな。

〈シュラヴィスはな、解放軍との接触を恐れていた。俺を船から連れ出すときに、ガチで殺されかけたからだ。だから距離を置いて結果的に共闘することはあっても、進んで捕虜になっているとは考えにくい。殺される危険が大きすぎるんだ〉

「そう……だったんですね。ではやはり、脱魔法（エクディツサ）のせいで、不本意に捕らえられてしまったんでしょうか？」

〈それも違うだろう。マーキスが言っていた通り、不本意に捕虜となってしまったとしても、手紙を出せる状態なら、魔法は使えるようになっているんだから、あいつは実力でいつでも逃げ出せる。すると結論は一つ。シュラヴィスはそもそも捕虜になっ、て、い、な、い〉

「えっ、でもどうして」

〈あいつは解放軍と王朝がなんとか上手（うま）くやっていく方法がないか悩んでいた。その第一歩として、一芝居打ったんだろう。もしかすると、脱魔法（エクディツサ）を起こしたのは本当かもしれないな。嘘（うそ）も真実を混ぜ込めば、信憑性（しんぴょう）が上がる〉

「そうなんですね……でもそうすると、解放軍が同盟を望んでいるというのも嘘（うそ）に……」

さすが、飲み込みが早くて助かる。

〈そうなんだ。問題はそこだ。解放軍は同盟を望んでいるどころか、打倒王朝に燃えている。王朝が同盟を発表したところで、そう簡単に同盟は成立しない。解放軍はむしろ、何か怪しい、罠（わな）ではないかと疑うのが筋だろう〉

王都内のことを機密としている王朝は、イーヴィスの死ももちろん極秘としている。だから王朝側の急な態度の変化を、解放軍は怪しむに違いない。

「では、私たちはどうすれば……」

〈俺の友人――というか友豚が解放軍にいるんだ。そいつは解放軍の中でも発言力があって、王朝との同盟も、場合によっては必要と考えている。ただ、こちらの内部事情は知らないから、安易に同盟に乗るようなことはしないだろう。だからその人――豚に、同盟の意思は本当だと、俺から伝えたいんだ〉

「そうですか、そういうことなら……」

〈できそうか〉

「ノットさんには、マーキス様が位置魔法を仕込んでいるんです。そこへ手紙を届けることなら、私にもできるかもしれません」

ジェスは生脚で立ち上がり、俺の背中を流してくれた。よきかな。

ただ……特別でもない奴にこんなサービスをしていいのか、と少しだけ思った。


俺が伝えた通りのことを、ジェスはメステリアの言葉で紙に書いてくれた。三ヶ月前に転移したとき施された治療のおかげで、俺はこちらの文字も読むことができる。ジェスの字は、学を感じさせる、とてもきれいな筆跡だった。

手紙を書き終えると、俺はジェスに連れられて、鳥の飼育小屋へ来た。小屋と言っても屋内動物園並みの広さで、たくさんの種類の鳥たちが自由に飛び回っている。大きな窓があり風通しがよく、どの鳥も気持ちよさそうにピーチクパーチク鳴いていた。

猛禽のいる区画へ歩きながら、ジェスはヴィースからもらったという地図を取り出した。

「こちらの地図に置かれた丸が、ノットさんの居場所を示しているそうです」

ジェスが見せてくれた黒一色の地図には、赤い丸が打たれていた。ただ——

〈なあジェス、どうして点が二つあるんだ?〉

「え、二つ?」

ジェスは地図を見直す。分かりづらいが、隣り合うようにして二つの赤丸があるのだ。

「あれ、本当ですね。どうしてでしょう……この赤い点は、マーキス様がかけた位置魔法の場所に合わせて動くようになっているはずなんですが」

〈分裂して二人に増えたんじゃないか〉

「なるほど!」

と言ってから、ジェスはボソッと、

「ってヒトデじゃないんですから……」

と付け足す。魔法だけでなくノリツッコミと棘皮動物まで学んだとは、感心だ。

しかし、なぜ点が二つあるのだろう。間違えて魔法を二重に掛けてしまったとかか……？

まあ、そこまで気にすることでもない。今は手紙を迅速に届けることが重要だ。

〈真面目な話、別に二つが隣り合ってるなら問題ないはずだ。鳥にはそのどちらかを目指すよう教えればいいんだろ？〉

「そうですね。どちらかはノットさんなわけですし……あ、こちらです」

鳥の行き来ができないよう金網があって、その向こうに、身体の大きな猛禽たちがいた。簡素な扉を開けて、ジェスは俺を中へいざなった。

「オオタカさん、イヌワシさん、ハヤブサさん、ノスリさん……フクロウさんもいますよ」

どこか楽しそうに、ジェスは俺を案内する。俺を食ってしまうのではないかというくらいデカいオジロワシが、とまり木の上からこちらを見下ろしていた。視線を合わせないようにしながら、ジェスの脚のすぐそばを歩く。

「食べたりしないので、大丈夫ですよ。どの鳥さんを使いましょうか」

買い物でもするみたいに訊いてくるジェス。見回すと、シロフクロウが真ん丸の目でこちらを凝視していた。

〈魔法の世界で手紙を運ばせるとしたら、やっぱりフクロウだろう。あのシロフクロウなんかいいんじゃないか〉

「フクロウさんですね！」

ジェスはそちらへ向かうと、白いモフモフの羽毛を優しく撫でた。シロフクロウはうっとりと目を閉じる。おいテメエずるいぞ？

「豚さんも撫でてほしいなら、そう言ってくだされぱいいのに」

悪戯っぽく笑いながら、ジェスはフクロウに地図を見せた。ここの鳥たちは、位置魔法を読み取るよう、魔法で訓練されているのだという。ジェスは色々とフクロウに話しかけながら手順を済ませると、さっき書いた手紙を丸めて脚に結わえようとする。

〈あ、ちょっと待った。これがちゃんと俺たちからのものであると、分かるようにしないと〉

「でも、豚さんからだということは、書きましたよね」

〈それなら誰にでも書けてしまう。偽装じゃないと示したいんだ。俺にいい案がある〉

「何でしょう」

抜け目のない妙案を思い付いてしまった。

〈その手紙を、ふとももに擦り付けるんだ〉

ジェスは戸惑って眉を上げる。

「えっと……私のですか？」

〈そうだ。それで大丈夫だから、信じてくれ〉

「そうですか、豚さんがそう言うなら……」

ジェスはスカートを少しめくって、自分の絶対領域に手紙を触らせる。

「これでいいですか？」

〈もうちょっと上だな〉

ジェスは何も疑っていない様子で、素直にスカートをさらにめくり上げ、ほぼ脚の付け根のような場所に手紙を当てる。俺は真剣に手紙を見つめる。手紙を。

計画通り。フクロウめ、とまり木の上からじゃこの景色は見えないぞ。残念だったな！

「あの、もういいでしょうか……」

ジェスに心なしか赤面しながら言われて、俺は我に返る。

〈すまん、もう大丈夫だと思う。送っちゃってくれ〉

伝えると、ジェスはフクロウに手紙を結わえ付け、肩にとまらせて小屋の外へ出る。フクロウは生意気にも、ジェスの耳を何度も甘噛み（あまがみ）した。

「ちょっと……フクロウさん、くすぐったいです」

は？　ずるいが？　俺も噛（か）みたい！

ジェスはフクロウを空に放つ。その白い後ろ姿はすぐ、雲の中に溶け込んでいった。

しばらく見送ってから、ジェスは俺の前にしゃがんだ。

「豚さん……別に、耳くらいならいいですよ」

そう言って耳を差し出してくるジェス。おっと？

〈いや、ダメだろ。すまん、地の文は本当に気にしないでくれ〉

慌てて伝える俺に、ジェスはいたずらっぽく問いかける。

「でも豚さん、私のうなじを嗅いだり、私の脚を見たりするのはお好きなんですよね」

〈違うんだ、あれは豚の習性で、つい……〉

「そうなんですね。じゃあ、お行儀が悪いので我慢してください」

ジェスはそっけなく言うと、立ち上がった。

え、待って、そんな……。

うろたえる俺に、ジェスは花が咲くような笑顔を向けてきた。

「嘘ですよ、豚さんの習性ならば仕方ないですからね。昨晩のお礼は、いくらしてもしきれませんから……してほしいことがあれば、何でもおっしゃってください」

ん？　言ったな？

「あ、あの、もちろん、お応えできることは限られますが……」

耳を赤くして小さな声で言うジェスに、紳士な俺は伝える。

〈心配するな。俺もそんな変態じゃない。豚としては、やっぱり撫でられるのが一番かな〉

「そうですか、では早速」

ジェスはさっとしゃがみ込むと、俺の頭を撫で始めた。よきかなよきかな。

首。肩。ロース。ヒレ。バラ。モモ。ジェスの手は優しく俺の身体を撫でていく。力が勝手に抜け、俺はごろんと横倒しになってしまう。

肩ロース。ハツ。ガツ。レバー。俺はいつの間にか野生を失い、腹をさらけ出して地面を転がっていた。

諸君は、生まれたままの姿で、金髪美少女に全身を撫でてもらったことがあるだろうか。そんな経験ないって？　申し訳ないが、俺にはある。まあ日頃の行いの違いだろうな。

俺は転げ回り、遂には四本の脚を空に向かって投げ出していた。ジェスはおかしそうに笑う。

「撫でただけでこんなに喜ぶなんて、おかしな豚さんですね」

〈別に、普通はこんなに喜ばないさ。ジェスが撫でてくれたからだ〉

俺が答えると、ジェスは首を傾げる。

「え、私……ですか」

〈いや、違う。ジェスが、というよりは、金髪の女の子が、というのが正しいかな〉

咄嗟に言うと、ジェスは手を止める。

「豚さんは、金髪がお好きなんですか……？」

〈ああ。金髪の女の子にこうやって全身撫でてもらうのが、昔からの夢だったんだ〉

ジェスは納得したような納得していないような顔で立ち上がると、少しだけ頬を膨らませた。

「なんだか、見境のない豚さんですね」

＊＊＊

「師匠！　師匠！」

飛び跳ねるような声が聞こえたかと思うと、外で遊んでいたバットが、テントの中に入ってきた。木のボロ机を囲んで静かに話し合いをしていた俺たちは、外から直接差し込んでくる日光に目を細める。

「どうしたバット、会議中だぞ」

俺が言うと、バットは何やら紙切れを掲げる。

「リティスとおしゃべりしてたらさ、白いフクロウが飛んで来たんだ！　脚に手紙がくっついててよ、見たら宛名が書いてあって。何だっけか……」

目を細めて宛名書きを読むバットの奥から、三つ編みの少女がひょっこり顔を覗かせた。北部で俺を助けてくれたヌリスに生き写しで、しかし彼女とは違って柔らかな表情をした謎のイエスマ。今は大部分の者にリティスと呼ばれている。

バットが目を上げ、ニカッと笑う。

「年上好きのヘックリポン殺しと……ろ、り、こ、ん、や、ろ、う？宛てだ。なあ、ヘックリポン殺しって、師匠のことじゃねえか？」

誰が年上好きだって？　まあいいだろう。俺宛ての手紙のようだ。

「そうか、差出人は？　なぜフクロウはここが分かった」

「ゲス豚より、って書いてあるぜ」

サノンが隣で豚鼻を鳴らす。

――読んでみよう。王朝からの便りかもしれないよ。ろりこんやろうというのは、ちょっと意味は分からないけど、おそらく私を指している気がするな

サノンの向こうにはセレスが立っていて、会話を中継してくれている。セレスは何が気になるのか、ときたま俺のことをチラチラと見てくる――などと考えていると、セレスは慌てて目を逸らし、黒豚を撫で始めた。くるんと巻いた黒豚の尻尾が小さく振り回される。

俺はバットに歩み寄って紙を受け取り、少年の肩を軽く叩いた。

「ありがとな。リティスと一緒に、もうちょっと遊んでてくれ。会議は、じき終わる」

バットが立ち去ったのを見てから、俺はさっそく手紙を開いて読んだ。

「何て？」

机の向こうから、イツネが訊いてきた。俺は読み終えた手紙をサノンに見せながら説明する。

「あのモサモサ頭の計略が功を奏して、王朝が態度を変えたらしい。北の脅威に対抗するため王朝が同盟を発表するから応じてほしい。損はさせない。そう書いてある」

「同盟？」

　ヨシュが黒い眉を顰めた。イツネも不快そうに顔を歪める。

「無理に決まってんじゃん。なんであたしたちが王朝なんかと」

　当然の反応だ。イツネとヨシュは、王朝を死ぬほど憎んでいる。下手をすれば、俺よりもずっと大きな恨みのはずだ。

「まあ、俺も正直こんな話には乗りたくねえが……」

「でしょ。そんなの無視しよ」

　イツネはそう言うが、あのゲス豚が「損はさせない」と言うのなら、一考の価値はある。

「サノンはどう思う」

　俺が訊くと、サノンは伝えてくる。

——私は、この同盟に応じるべきだと思うな

「なんでさ？」

　イツネがきつい目でサノンを睨む。

——このままでは、私たちは生き残れないからだよ。解放軍がいくら民衆の支持を集めているとはいえ、実際に戦っているのは限られた数だけだ。それに対して北部勢力の兵力はまだ底が見えていない。このまま戦っていては、いずれ我々が消耗して、またあの岩地の戦いみたいに大負けするよ

　しばらく誰も言葉を発しなかったが、やがてヨシュが口を開いた。

「サノンの言うことは分かるよ。でも他に手がないわけじゃない。支持してくれてる連中の中にも戦える人はいる。クソ野郎どもと手を組むより、そういう人たちを頼るのが先だろ」

サノンは首を振る。

――昨日の戦い、あれに一般人が加わったところで役に立つと思う？　王朝軍と魔法使いの援護があったからこそ、解放軍もほとんど消耗せずに済んだんだ。危険を知らせてくれた光る矢文も、明らかに魔法で届けられたものだったよね。魔法使いのモサモサ頭くんが、船であんなことがあった後でも、私たちを救おうと動いてくれたんだ。何か事情があって、強力な王朝が手を組もうと言ってくれている。この機を逃すわけにはいかないよ

イツネが腕を組んだまま言う。

「気に入らないね。あたしたちの力を借りようとしてるってことは、王朝も困ってるってことだろ？　なら放っておけば、王朝は勝手に崩れるかもしれない。そうすりゃ儲けもんだ。だろ、ノット」

話を振られて、考える。ややこしい力関係を考えるのは、正直言って苦手だ。

「俺は、最終的に俺たちが勝てりゃそれでいい。勝つためだったら泥だって舐めるし、王朝と手を組んだフリだってしてやる。サノンが同盟すべきと言うなら、俺はそれに従う」

およそふた月前、セレスとともに俺たちのところへ現れたサノンは、若く未熟な俺たちに数々の戦略的な助言をして、解放軍の発展に役立ってきた。大敗してしまったひと月前の岩地

の戦いでも、自らを犠牲にして退路を開き、解放軍の損害を最小限に抑えてくれた。

だから俺は、サノンに全幅の信頼を置いている。

サノンは俺を見て、ゆっくりと頷いた。

――ツネたんが言うように、王朝が弱ってる可能性は大いにあるよね。そこで考えてみてほしい。このまま王朝が滅んだら？　私たちを支持してくれている人たちも、みんな北部勢力の支配下になってしまうかもしれないよ。そしたら私たちもジリ貧だ。北部勢力がメステリアを支配して、それでイェスマの子たちが幸せになると思う？

フンスと鼻を鳴らして、サノンは続ける。

――順番の話なんだ。まずいったん、王朝と手を組む。そして北部勢力を滅ぼしてから、弱っている王朝につけ込む方法を探せばいい。感情主義主張を横に置いて、今はいったん協力するのが賢いと思うな
もっともな理屈だ。イツネとヨシュも、嫌そうながらも頷いた。決まりだ。

――ただ……

不安げなサノンに、俺は訊く。

「ただ、どうした」

――これはあくまで、手紙が本物だった場合の話。宛名含め、書いてある内容はいかにもあのゲス豚さんっぽいと思うよ。でも魔法使いなら、ゲス豚さんから無理やり情報を聞き出して、

偽装できてもおかしくない。だから彼なら、何か彼らしい方法で、この手紙が本物だと教えてくれるはずなんだけどなぁ……

サノンがふと何かに気付いて、手紙をスンスン嗅ぎ始める。

——ちょっと、ロッくんを呼んでくれるかな

俺は迷わず、指笛でロッシを呼ぶ。外を警戒していたロッシは、すぐにテントへ入ってきた。

「どうしたサノン、ロッシに何をさせたい」

——手紙をロッくんに、嗅がせてみてほしいんだ

何を言っているんだ、と訝しみながらも、俺は目の前でお座りするロッシに手紙を差し出して、嗅がせてみる。

するとロッシは、尻尾を振り、キャンキャン鳴いて、頭を大きく振りながら飛び跳ね始めた。

「サノン、手紙から何のにおいがした」

王朝からの手紙に、ロッシがここまで喜ぶにおいがつくだろうか？

——若い女の子の、脚のにおいだよ

なぜそんなにおいを知っているんだ、この人は。

しかしおかげで、謎が解けた。ロッシがここまで喜ぶ脚のにおい。それは——

「ジェスの脚のにおいがついてるってことか」

黒豚が頷く。なるほど。あのゲス豚の考えそうなことだ。

歓喜するロッシを横目に、俺は宣言する。
「決まりだ。同盟に応じよう」

＊＊＊

俺たちが手紙を出した翌朝、王朝は解放軍との同盟を認める高札を各所に出した。これによって解放軍は王朝の支配している街に暮らすことを許され、リスタなど王朝の流通させる品を堂々と買うことができるようになった。解放軍はこの同盟に即座に応じ、夕刻にはノットが単身王都へ面会に来ることとなった。王都へ部外者を入れるというのは、これまでに例のない格別の待遇らしい。

シュラヴィスは王朝の龍に乗って、無傷で帰ってきた。祖父の死に打ちひしがれる間もなく、ノットの来朝が実現。シュラヴィスはマーキスとともに、面会の場所、金の聖堂へ向かった。

俺とジェスも、壁際にある石棺の陰から、聖堂の様子をこっそり覗くことを許された。ステンドグラスから西日が差し込むこの場所には、あまりにも見覚えがあった。この聖堂は何をする場所なのだろう、と少し不安に思う。

幅、奥行き、高さのどれをとっても一〇〇メートル以上はありそうなホール。床は様々な色の大理石を組み合わせた幾何学模様で、その中央に金の玉座がポツンと配置されている。前回来たときはとても観察する余裕がなかったが、よく見ると、壁際にはいくつか祭壇があって、それぞれに立派な石棺が配置されている。入り口から見て玉座の向こう側にある祭壇は特に大きく、左手を胸に当て右手をまっすぐ上に掲げる若い女性の彫像が目立つ。ヴァティス。王朝の祖であり、暗黒時代を終わらせた女の魔法使いだ。

玉座でふんぞり返るマーキスと、その隣で木の椅子に座るシュラヴィスの前に、ヴィースがノットを連れてやって来た。ノットは一昨日見たときとほぼ変わらない装いで、怪我もなく、健康そうだった。ただ、黒いストールのようなものを首に巻いている。双剣はヴィースが預かっていた。

俺とジェスは、息をのんでその様子を見守る。

「よく来た。ここで礼節は求めない。気楽にしていろ」

マーキスが玉座から言った。ノットはそれでも、ひざまずいて少し頭を下げる。気楽にしていろという命令に対する、ささやかな反抗にも見えた。

――あれがノットさん……こんなに近くで見たのは初めてです

ジェスが俺の背中にそっと手を置いて、テレパシーで伝えてきた。

〈イケメンだろ。好みのタイプか〉

ジェスは黙ったまま耳を赤くする。いかん、セクハラ発言だった。

――わ、分かりません……まだお姿を見ただけですから……

それもそうか、ジェスは外見で男を判断するような子じゃなかったな。

「お前らが私たちを恨んでいるのはよく知っている。同盟の意思は本物か」

マーキスが低い声で問うた。

「恨みの感情も、同盟の意思も、どちらも本物だ」

ノットも低い声で返した。

「これはあくまで戦略的な同盟にすぎねえ。北部勢力(ノザン)に対して、解放軍は戦力も劣り、情報も足りず、素直に言えば勝ち目が見えねえんだ。王朝も、さっさと奴(やつ)らを殲滅(せんめつ)してしまえばいいものを、モタモタして戦わねえ。どうも困ってるようじゃねえか。ここはひとまず、感情主義主張を横に置いて、北部勢力(ノザン)の撲滅に向けて協力しよう――そういう申し出だ」

感情主義主張を横に置いて、か。いかにもサノンの言いそうな言葉だ。

マーキスは冷めた目で頷(うなず)く。

「相分かった。こちらとしても異論はない。同盟成立だ。握手をしよう」

マーキスが立ち上がる。ノットは少し警戒した様子で、さっと身構えた。

「どうした、私がお前を殺すとでも思ったか」

「すまねえな。まだ心の奥底では警戒心が解けてねえみてえだ」

鼻で笑うマーキス。

「安心しろ。もし私が本当にお前の命を奪おうと思っていたら、この距離で、座ったままでも十分だ。このように」

マーキスは玉座に戻り、脚を組んだ。直後、ノットの周囲の床で大理石が次々と弾け飛び、ノットを中心にきれいな円を描いた。床がかなり深く抉れているようだ。

ノットは身動きも取れないまま、その場で固まっていた。

「どうだ。まあ、握手はやめておこう。信頼を深めるには、腹を割った会話が一番だ」

ノットは眉間に皺を寄せ、不貞腐れた顔でその場に胡坐をかく。

「同感だ。ちなみにあんたも承知してるだろうが、俺を殺せばそれなりの数の民が反旗を翻す。第二、第三のリーダーが現れる。暗黒時代にあんたらのせいで減った国民の数が、またさらに減ることになるぜ。そっちばかりに分があるとは、思わねえことだ」

ノットの目は、刺すようにマーキスを見ていた。

——とても、勇敢な方ですね

ジェスが伝えてくる。

〈好きになったか〉

——ええ、少し

そういう意味ではないと分かっていながらも、軽口を叩いたことを後悔する。

「ブレない男だな。面白い。さあ、何か話したいことはあるか」

マーキスの問いに、ノットは数秒考えてから言う。

「ジェスは今、王都にいるのか」

俺の背中で、手がビクッと反応するのが分かった。

「悪いが、王朝の秘密に関することは教えられない」

「旅の仲間の行く末くらい、話してくれたっていいじゃねえか」

挑戦的に言うノット。マーキスは慎重に言葉を選ぶようにして口を開く。

「あのイェスマに、情が移ったか」

ノットの耳が、さっと赤くなる。

「馬鹿を言うな。誰が」

「そう熱くなるな。お前が別のイェスマに固執しているのは知っている。金の檻越しに、お前の熱弁を聞かせてもらったからな」

ノットがハッと顔を上げた。

「あんたまさか……あのときの……」

何を話しているかはよく分からなかったが、マーキスの話術には感心した。ジェスの件を深掘りされれば、魔法使いとイェスマの関係について勘付かれてしまう可能性もある。都合の悪いジェスの話題から、上手く手札を切ることで注意を逸らしているのだ。

——豚さんは、ノットさんと私のことを、ご存じなのですか

ジェスに訊かれ、地の文を読まれていることを思い出す。

〈……話には聞いているが、詳しいことは知らない〉

——どんなお話を？

〈……ジェスの王都への旅に、ノットが少し関わっているということだけだ。それ以上のことは知らない〉

——そうですか……後で詳しく、教えてください

俺たちがやりとりをしている間にも、話は進んでいた。

「ってことは、場所を割り出す魔法も、あのときにかけたんだろう」

ノットが言う。

「俺がニアベルに着いた途端、そこのモサモサ頭が俺の船を見つけて、さらには北部軍まで襲来した。とても偶然とは思えねえ。魔法で位置が分かるようになってんだろ。気持ちが悪い。外してくれねえか」

マーキスは感心したように脚を組み換えた。

「察しがいいな。その通り。お前の身体（からだ）には今、二つの位置魔法がかけられている」

「二つ？」

「ああ、一つは私がかけたもの。そしてもう一つは、私の知らない誰かがかけたもの」

西日に満たされた空間が、しばし静寂に包まれる。

「……どういうことだ」

「いちいち説明してやるのも手間だが……位置魔法というのは普通、それを行使した者と、その者から検知方法を教わった者にしか検知することができない。私がかけた位置魔法で、北部勢力の者が勝手にお前の居場所を特定することはあり得ない」

「……つまり北部勢力には、別に魔法使いがいるってことか」

「そうだ。そしておそらく、そいつが本当の黒幕。闇社会をまとめあげたのも、王朝に盾突くような動きを起こしたのも、あのオグとかいう化け物を作ったのも、全部その魔法使いだろう。我々はそいつのことを、闇躍の術師と呼んでいる」

「北部勢力のてっぺんは、宝石商のアロガンじゃねえのか」

ノットが指摘すると、マーキスは苛立ったように顎を触る。

「アロガンは、すでに私がこの手で斃して、地蜘蛛城とともに灰にした」

聖堂が静まり返る。ノットは理解できていない様子だった。

「殺したのか？　じゃあ、王が死んだのに、なんで北部軍は問題なく動いてんだ」

「言っただろう。北部勢力を真に操っているのは、闇躍の術師だ。私はお前が逃走してからアロガンを殺そうとしたが、奴はすでに、しばらく前に死んでいた。これがどういうことだか分かるか」

「操られてたんだな。道理で顔色が悪かったわけだ」

マーキスはハッハッと声だけで笑う。

「そのようだ。私の失態は、闇躍の術師の手掛かりを何一つ摑まないまま、地蜘蛛城を焼き尽くしてしまったことだ。だからこうして、お前たちの手を借りるまでになっている」

ノットは納得した様子で小さく頷く。

「なるほどな。じゃあ魔法使いさんよ、とりあえず俺にかかってる位置魔法ってのを、二つとも消してくれねえか」

マーキスは軽く頷く。

「私がつけたものに関しては、信頼の証として解除してやろう。だがもう一つについては待たないか」

「なんだ、消せねえのか」

「侮るな。消そうと思えばいくらでも消せる。随分と弱々しい、老いぼれの魔法のようだ」

「じゃあなんで消さねえ」

マーキスは投資プランでも紹介するかのように、顔の近くで人差し指を立てる。

「こう考えないか？　居場所の分からない敵と戦うのだ。向こうから出てきてくれるのなら、この上なく好都合だと」

「……俺を囮にするってことか」

「怖いか」

「誰が。だがその闇躍の術師とやらと対面したときに、俺たちじゃ対処できねえ場合がある。

魔法使い様がちゃんと、直々に戦場まで来てくれんだろうな」

「もちろんだ。そのための同盟だろう。最初の共闘として、お前たちには東側最前線の戦闘に参加してもらう。そこで闇躍(あんやく)の術師を釣り出して殺す。どうだ」

ノットはここに来て、初めて歯を見せて笑った。

「いいぜ。やってやろうじゃねえか」

ノットはヴィースによって聖堂から連れ出された。ジェスはそれを見ると、俺に「ついてきてください」と言って、勝手口から聖堂を抜け出し、ノットの方向へ走り始めた。まずいのではないかと思いながらも、俺はジェスを追いかける。

聖堂によって夕日が遮られた薄暗い墓地の横で、ジェスはノットに追いついた。

「ノットさん！」

ヴィースとノットがこちらを振り返った。俺はジェスのすぐ隣に駆け寄る。

「ジェス、どうしたんですか」

ノットを手で制しながら、ヴィースが驚いたように言った。ノットは眉根に皺(しわ)を寄せながら、首輪のないジェスの襟元を見ている。胸よりもそちらに興味があるようだ。

「あの、ヴィースさん、ごめんなさい……ノットさんに、どうしても、訊(き)きたいことが」

全力疾走に近い速さで走った後で、ジェスの呼吸は乱れていたが、それでもその声ははっきりと主張していた。

「ここで外部の者と話すのは、あまり好ましいこととは思えませんが……」

「お願いします、少しでいいんです」

走ったせいか涙目になりながら訴えるジェスを、俺たちは神妙に見つめる。ここまでわがままを言うジェスなんて、そう見られるものではない。

「そうですか、いいでしょう」

ヴィースは俺とノットに目配せをする。その意味は明確だった。

ジェスはノットを見て、言う。

「ノットさんは、私と一緒に旅をされていたんですか」

沈黙。ノットはしかめっ面で、しばらく遠くを見ていた。

「悪い、それは話せねえ。お前と昔の話をすんのは、このお姉さんに止められてんだ」

「でもノットさんは、聖堂でおっしゃっていました。私が旅の仲間だった、って」

「聞いてたのか」

ばつが悪いし、分も悪い。俺はジェスの横で、ただの豚であり続けることしかできなかった。

「やっぱり、何か知ってらっしゃるんですね。少しだけでもいいんです。教えてください」

ジェスが俺の横から一歩前に出て、ノットに詰め寄る。

ノットは苛立ったように、小さく舌を鳴らした。

「分からねえか。話せねえことは話せねえ。むしろこっちから質問させてくれ。俺たちがこんなに今や未来のことを考えてるときに、お前はどうして過去のことを気にしたがる」

ただならぬ目つきに射竦められ、ジェスは一瞬、言葉を失った。

しかしぼそりと、言葉を返す。

「……気になるからです」

好奇心の猛獣系ヒロインか？

〈ジェス、そのくらいにしておけ。こうやって脇道から記憶を取り戻そうとするのは、イーヴィスの本望じゃないはずだろ〉

俺が言うと、ジェスはハッと手を口に当てる。

「そうでした……私……ごめんなさい……」

ノットは不可解そうに俺を見る。誰も中継しなければ、ノットに俺の心の声は届かない。

〈ジェス、頼みがある。俺からノットに質問したいことがあるんだ。俺の括弧の中の言葉を、あいつに伝えることはできるか？〉

ヴィースが見守る中、ジェスは頷いた。

〈なあノット、未来のために一つ、過去の話の確認をしたいんだが、いいか？〉

「……何だ。言ってみろ」

促されて、素早く思考をまとめる。俺も気になったことが一つあったのだ。

——悪かった、北部で俺を逃がしてくれたイェスマにどこか似ていたんだ

首輪号の中で、ノットが言ったこと。ノットは、自分を北部から逃がしたのはイェスマだと話していた。

——そもそも、ノットを闘技場から逃がしたのは私だ

昨日の朝、マーキスが言ったこと。マーキスは、ノットを北部から逃がしたのは自分だと話していた。

そしてさっきの、位置魔法のくだり。そこから導かれることは……

〈お前を北部の闘技場から逃がしたイェスマってのは、イェスマに化けた王だったんだな〉

「そうだ。ヌリスと名乗っていやがった。魔法使いってのは油断ならねえよな、姿かたちを自由に変えられたんじゃ、警戒のしようがねえ」

思いがけない名前を聞いて、ハツが激しく動き出す。疑惑が確信に変わった。ヌリスは以前ケントと出会ったイェスマのはずだ。徴収されて、北部の王城で働いているはずだった。ということは——

「参考までに」

とヴィースが割り込んでくる。

「姿を変える魔法は、そう簡単に使えるものではありません。闇躍の術師はその域に達してい

ないというのが、位置魔法の質から逆算した王朝の分析です。安心してください」

「そうか、じゃあ俺たちは、王朝の間者だけ警戒してりゃいいってことだな」

皮肉なのか、本心なのか、ノットは毒を吐いた。ヴィースは俺を見下ろして、伝えてくる。

――この辺りでやめにしましょう

それは、俺が辿り着いた真実を、ノットには伝えるなというメッセージだった。

〈ありがとな、ノット。参考になった〉

ジェスを介して伝えると、ノットはため息をつく。

「王に直接訊けばよかったことじゃねえのか？　まあいいけどよ。じゃあ豚野郎、そっちのことは頼んだぜ」

ヴィースがノットに頷いて合図すると、ノットは大人しく、ヴィースとともに歩き始めた。

俺たちはその場で、二人の後ろ姿を見送る。

「あの……豚さん」

ジェスに話しかけられ、そちらを見る。

〈どうした〉

「何か、お気付きになったんですか？」

しばらく迷ってから、これはジェスに相談してもよいことだろうと判断した。

〈ああ。手紙を出したときに位置魔法が二つあった理由が、分かったんだ〉

「なぜでしょう？　気になります！」

　その言い回しはさすがにちょっと……。

〈マーキスは北部に潜入していたとき、魔法でイェスマの姿に化けていたんだ。そしてノットを脱出させ、解放軍を復活させて、同盟を組むところまでもってきた。ここまではいいな？〉

「はい」

〈で、ノットが教えてくれたことだ。マーキスは「ヌリス」と名乗っていたんだよな。そして俺は、とある筋から仕入れた情報で、北部の王城には本当にヌリスというイェスマが徴収されていたことを知っている。すると――〉

「本物のヌリスさんはどこへ行ったか、という話になります」

　理解が早くて助かる。

〈そうだ。そして俺は、その行き先を知っている〉

「そうなんですか？」

〈ああ。ニアベルに停泊する「割れた首輪号」の中で、解放軍の連中に会ったときだ。ノットは自分を逃がしてくれたイェスマに似たイェスマがいると言っていた〉

――最近までの記憶をすっかり失って、この辺りをさまよってた子なんだ。訛(なま)りが北部の人っぽいけど、本物のイェスマだよ。だから俺たちで保護した。名前が分からないから、姉さんはリティスと呼んでいる

〈他の奴曰く、そのイェスマには、最近までの記憶が全くなかった。その子は自分が誰かも知らなかった。記憶を消されていたんだ。そんなことは、魔法使いにしかできない〉

「マーキス様が、本物のヌリスさんの記憶を消して、逃がしたということですね」

〈そうだろう。北部の王城に徴収されたヌリスだと自覚している状態で彼女を野に放てば、そのヌリスに化けている自分が偽物だとバレてしまう可能性があった。だから記憶を消した〉

「それで、解放軍の人たちが、そのヌリスさんを偶然拾った……」

〈そうだったら、よかったんだけどな〉

「違うんですか？」

〈ああ。ここで最初の謎に戻る。どうしてマーキスの位置魔法は、地図上の近い位置で二つ表示されていたのか〉

「あっ……本物のヌリスさんにも、位置魔法が……？」

〈そうに違いない。マーキスは、本物のヌリスを、わざと解放軍の残党に拾わせたんだと思う。位置魔法をつけて、そいつらの居場所を追跡できるようにな〉

「では、ノットさんの位置魔法を消したというのも……」

〈シュラヴィスの手前、マーキスは信頼の証と言っていたが、そうじゃないんだ。そもそもノットたちには魔法を検知することなんてできないだろうから、消してなくてもバレないと思うけどな。本物のヌリスに位置魔法を仕込んであるから、あんな余裕があったんだ〉

やはりマーキスは、ノットを全く信用していない。きっと、とことん利用して、最終的には力でねじ伏せようと思っているのだろう。

もしかすると俺は、サノンは、とんでもない方向へ舵を切ってしまったのかもしれない。

夜。ノットは解放軍のキャンプへ帰り、王家の三人は庶務に追われていた。夕飯の後、俺はジェスの誘いで、大きな噴水のある広場に来ていた。薔薇の灌木が計画的に配置され、庭園のような趣がある。ヴィースが管理している、奥向の中でも一番居心地のいい場所らしい。夜風は三方を囲むレンガの建物に遮られ、残り一方と真上に美しい星空が切り取られている。

ジェスは噴水を囲む水場の縁に腰かけて、生ではない脚をぶらぶらさせながら言う。

「ノットさんは……やはり私を知っていました」

〈そうだな〉

俺はジェスのすぐそばで、いけないものが見えないギリギリのところに座っていた。

「ではやはり、私の記憶に挟んである栞は、ノットさんのためのものなのでしょうか？」

ジェスは悩ましげに言う。

「イーヴィス様は私に、封印された記憶の中には私と一緒にいてくださった、ある方の存在があると言っていました。ノットさんが私の、栞の人なのでしょうか？」

イーヴィスはそんなことを言っていたのか。意外に思いながらも、俺は肯定する。

〈……そうかもしれないな〉

ジェスはどこか残念そうな顔をする。

「実は私……ほんの少しだけ、思っていたんです。根拠はありません。でも……もしかすると豚さんが、栞の人なのではないかな――と」

少し疲れたジェスの目が、俺に向けられていた。慌てて否定する。

〈まさか、そんなわけないだろ。逆に訊くが、どうしてそう思った〉

「あの、言った通り……根拠はありません。でも私、思うんです」

ジェスは寂しそうな顔になる。

「もし危険な旅の間、私と一緒にいてくださった方なら――私が忘れられない栞を挟むほど大切に思う方がいたならば……今のこのとても大変なときにだって、きっと私のそばにいてくださるはずなのではないかな、と」

……………。

「ご、ごめんなさい。こんなの、妄想で、わがままですよね。忘れてください」

自分で否定するジェスは、健気で、哀れだった。

〈そいつはもしかしたら、ジェスが一人でやっていけると思ったのかもしれない。何かもっと、他の大切なものがあるのかもしれない。それか、死んでしまったのかもしれない。勘違いする

なよ。俺はたまたま、偶然ここへ辿り着いて、そばにいるだけだ〉

「そうですよね、ごめんなさい、私てっきり……」

言い淀むジェス。

〈言ったよな。俺は別の国から来た人間だ。そこの国に、超絶可愛くておっぱいの大きすぎない天使のような性格の彼女も残してきた。今はジェスの力になってやれるが、いずれ消えて、元の国に帰る豚だ〉

「あ……そうだったんですね……」

ジェスの脚が、俺から少し遠ざかった。それでいいのだ。

「ぶ……豚さんの恋人さんならきっと、とても素敵な方なんでしょうね」

ジェスは俺から離れた地面を見たまま、心なしか上擦った声で言った。

〈どうしてそう思うんだ？〉

「豚さんはとても、素敵な方ですから」

そんなことはない。

〈じゃあ逆に訊くが……ジェスの言う「栞の人」というのが本当にいたとしたら、それはどういう人だったと思う？〉

ジェスはちょっと考えてから、悲しそうに笑った。

「そうですね……その方もきっと、素敵な方だと思います」

……？

〈それはまた、どうして〉

「こんな、何の取り柄もない私と一緒にいてくださった方ですから……きっと優しくて、素敵な方に違いありません」

〈取り柄がない？　馬鹿言うな。むしろ欠点が見つからない〉

「そうでしょうか……たくさんあると思いますが……」

首を傾げるジェス。推しを侮辱されたようで腹が立った。

〈何だ、言ってみろ〉

唾を飲むジェス。

「私……心の中で願ってばかりで、自分では何も決められません」

〈我慢して、他の人の判断を優先してるってことだろ。我を押し通さないのは優しさだ〉

「どうしようもない知りたがり屋です」

〈好奇心は学びの原動力で、真理を追究する心は正しさの表れだ。何も悪いことじゃない〉

「お友達もいません」

〈その境遇で友達がいる方がおかしいと思うけどな。不満なら俺が友達になってやる〉

「魔法が下手っぴです」

〈二、三ヶ月しか経ってないんだろ？　赤ん坊だったらハイハイすらできないぞ〉

「それに……胸だって小さいです！」

〈俺はそのくらいの方が好きだけどな！〉

「えっ」

あっ。

〈すまん……俺の好みは聞いてなかったな〉

ジェスは月明かりの下でも分かるくらい、頬を染めていた。

「豚さんは、そうやって何でも褒めてくださるんですね」

〈ジェスといい勝負だ〉

「どうしてでしょう。ほんの二、三日しか一緒にいないのに……豚さんは私のことをよく知っていらっしゃるように思います。まるで長い間、一緒にいたような……」

〈毎晩食卓に上がってるからじゃないか〉

ジェスはこちらを見て何か言いかけたが、結局口を閉じて曖昧に笑った。

〈まあ、過去のことはどうでもいい。俺はジェスの許嫁に言われてここへ来た訳アリの豚。それ以上でもそれ以下でもない。ジェスにも精一杯知恵を貸すから、ジェスも俺に力を貸してくれ――友達としてな〉

納得したように、ジェスは頷く。

「分かりました。お友達です」

そして、天使のような微笑(ほほえ)みで言うのだった。

「よろしくお願いしますね、豚さん」

王冠石城(おうかんせきじょう)は、マットーという山間の村に建つ堅牢(けんろう)な山城だ。断崖に囲まれた岩山の上に王冠のような形でそびえていることから、その名が付いたという。チェスのルークそのものの形をした石積みの塔が間隔を空けて並び、その間には曲がりくねった万里の長城のような防壁が巡らされている。

ジェスとシュラヴィスと俺は、王都を出て、王冠石城(おうかんせきじょう)で一番高い塔に来ていた。断崖の下には、枯草色の広大な湿地を見下ろすことができる。この湿地が、現在の王朝と北部勢力(ノザン)との支配地域の境目である。

天気はどんよりとした曇り。昼前なのにもかかわらず、影ができないほど暗い。

ノットを含む解放軍の一団が、防壁のところどころで準備をしていた。位置魔法のつけられたノットを餌にして、北部勢力(ノザン)をこの城まで釣り出し、応戦する。

城攻めは基本、守る側が有利だ。王冠石城(おうかんせきじょう)は王朝の支配下にあるものだから、北部勢力(ノザン)としては、むやみに兵を送れば王朝の魔法使いに殲滅(せんめつ)されてしまうおそれがある。つまりノットを襲撃するには、それなりのカードを切らなければならない。言い換えれば、黒幕である闇躍(あんやく)の術師本人が出てくる可能性が高い。それを潰そうという算段だ。

しかし今回、万全を期して、マーキスは王都に残っている。マーキスが万が一イーヴィスのように呪いを受けてしまったら、それこそ王朝滅亡の危機となるかららしい。シュラヴィスも、派遣はされたものの、基本的には城の最奥部にこもっているよう命じられている。

相手の切り札が見えたときだけ出ろ。闇躍の術師は老いぼれだろうから、呪いさえ受けなければ不意討ちで即座に殺せる――それがマーキスの指示だ。

ジェスと俺までこの城に来ているのは、いざというときに解放軍との仲介役となって、シュラヴィスが殺されるのを防ぐためだ。

あとは敵が来るのを待つだけ。シュラヴィスは、マーキスから禁じられていたにも関わらず、ジェスと俺を連れてノットに接触しに行った。ノットは城壁の上にある石畳の広場で、段差に腰かけてリンゴを齧っていた。イツネとヨシュがその両脇に座っている。ノットは双剣を、イツネは大斧を、ヨシュはクロスボウを装備しており、今すぐにでも戦える装いだ。ノットはまだ、黒いストールで首を覆っていた。

三人の前に行くと、シュラヴィスが言う。

「その節は世話になったな」

シュラヴィスとジェスは、例の防御力極振りローブを着ている。俺は丸裸だ。

姉弟は驚いて少し身を引いたが、ノットはそのままむしゃむしゃとリンゴを咀嚼している。

リンゴをゆっくり飲み込んでから、ノットはようやく口を開いた。

「てっきり、魔法使い様は来ねえのかと思ってたぜ」

そしてジェスと俺をチラリと見る。

「どうしてこいつらまで来てんだ」

「非常食と、その世話係だ」

淡々と返すシュラヴィス。ん？　誰が非常食だって？

ノットは鼻でフンと笑った。

「まあいい。何の用だ」

言われて、シュラヴィスは手に持っていたレジ袋サイズの麻袋をノットの前に置く。

「開けてみろ」

ノットは巾着状になっている麻袋の口を広げた。

「わお」

覗き込んだ前髪陰キャのヨシュが、声を漏らした。

袋の中は、大中小のカラフルな宝石――魔法の結晶、リスタで満たされていた。

「最高級のリスタだ。今回の戦でケチらず使い、余った分は持って帰れ」

イツネは腕組みを崩し、袋から一つ黄色のリスタを取り出して訊く。

「この、周りの色が薄いのは不良品？」

透き通ったリスタ。中央部は濃い黄色だが、周囲はほぼ無色だ。

「それは」

と答えたのは、シュラヴィスではなくノットだった。

「一発で巨大な魔力を放出するリスタだ。大斧に使ったらきっと、自分まで消し飛ぶぜ」

シュラヴィスは意外そうに言う。

「よく知っているな。王都の外には流通していないはずだが」

「王直々にもらったんだ」

そう言いながら、ノットは赤のリスタをひたすらかき集めていく。

満足げに息を吐いてから、シュラヴィスは陰キャをしているヨシュに近づいた。

「お前、狙うのは得意か」

言われて、ヨシュは前髪の奥からシュラヴィスを見た。その細い指が、スッとシュラヴィスの右目を指す。

「次は絶対外さないよ。眼球から脳幹に突き刺してみせる」

「そうか。それはいい。矢を何本か貸してくれ。魔法を仕込んでやる」

少し逡巡したのち、ヨシュは腰に装着した矢筒から一本だけ矢を取り出した。

「それだけでいいのか」

「ノットを囮にしてヤバい奴を誘い出すんだろ。そしたらそのヤバい奴に当てる一本だけで十分だ。魔法使いの力は、極力借りたくない」

イツネが笑う。

「ヤバい奴が二人来たらどうすんだよ。もっとやってもらっときゃいいのに」

ヨシュは断固として譲らない。

「一本だ。で、何をしてくれるのかな」

「凍結、電撃、爆発、どれかの効果を付与しよう」

「じゃあ凍結で。他の二つはこっちの二人で事足りるから」

「承知した」

シュラヴィスは矢を握って、一瞬目を閉じた。

「これでいいだろう。水分のあるところに刺さらないと意味がない。外すなよ」

「外さないって言ったよね」

ヨシュは受け取った矢を無造作に矢筒へ戻す。他のと見分けがつくのだろうか？

彫刻のように表情を変えないシュラヴィスだが、打算からだとしても、厚意からだとしても、反逆者たちに協力的な態度を見せている。父のように威圧することもないし、ノットたちを見下すような態度も感じられない。不愛想だが、芯があって、ウラオモテのない、誠実な奴だ。案外いい夫になるのかもしれないな、と俺は素直に思った。

ふと脇目に見ると、ジェスがどこか不満そうな視線を俺に向けているのが分かった。そしてさらに視界の端――ほぼ真後ろから、何か白い塊が飛んでくるのが見える。

まずい、と思う間もなく、白いモフモフがジェスを押し倒した。ハアハアと激しい息遣い。

「え、あの、ダメです、ちょっと、あっ……」

ロッシだ。変態犬はジェスの首から上を一通り舐めた後、ローブの裾に鼻先を突っ込んで、ジェスの絶対領域をハスハス嗅ぎ始めた。

羨ま――許さんが？　獣だからって好き放題しやがって。

近寄ってどかそうとすると、大きく振られるフサフサの尻尾が俺の鼻面をペチペチ叩いた。

「ロッシ、そんくらいにしとけ。こっちへ来い」

ノットが言うと、ロッシはようやくジェスの股間から首を出し、未練がましくテコテコと飼い主の方へ向かった。

「飼い犬か」

シュラヴィスが訊くと、ロッシはそちらに興味を示した。

「そうだ、俺の相棒だ……何やってんだ、来い」

どういうわけかシュラヴィスの脚を遠慮がちにスンスンしていたロッシは、フンと鼻を鳴らしてノットのもとへ戻った。

「珍しいな。男の脚に興味をもつなんて」

顎を掻いてやりながらノットは言った。そのイッヌ、さすがに躾が足りないのでは？　女性の脚に興味をもつ獣なんて、全く聞いたことがない。前代未聞の変態である。

〈大丈夫か、ジェス〉

――ええ、ちょっと、びっくりしました……私の顔、そんなにおいしいんでしょうか

〈それは……味見してみないと分からないな〉

――あの、冗談なので……味見しなくていいですからね……？

ジェスは若干引き気味に立ち上がって、涎まみれの頬を袖で拭った。

そうこうしているうちに、運命の日が落ちた。

俺たちの目を覚ましたのは、小鳥のさえずりではなく、敵襲の鐘だった。

「俺は兵が消耗しないよう、前線を陰から支援してくる。お前たちはここからノットを見張り、何かあったらそのガラス球を叩き割れ」

シュラヴィスはそう言って風鈴くらいのガラス球を置いていくと、部屋から飛び出していった。真夜中。城の最奥部のこの部屋に残されたのは、俺とジェスだけだ。ノットの様子は窓から見下ろせるはずだが、俺の首の高さでは全然届かない――と思っていると、寝起きのジェスが手頃な机を窓際まで運んできてくれた。

〈ありがとな。ノットは〉

言いながら机に乗ると、昼にシュラヴィスが会いに行った広場で、ノットが腕組みをしてじっと立っているのが見えた。少し離れたところにイツネが座っている。ヨシュやロッシの姿はない。おそらく隠れているのだろう。さらに向こう、ずっと下の暗い湿原では、たくさんの松明がゆらゆらと揺れていた。ガチャガチャと無数の鎧の鳴る音が遠くから聞こえてくる。

「豚さん、どうしましょう……」

〈現状ここにいれば、俺たちは大丈夫だ。もちつけ〉

海戦のときも感じたが、いくら異世界ものの主人公と一緒にいるとはいえ、俺はこういうとき基本的に無力だ。セレスとサノンも、おそらく安全なところに引っ込んでいるのだろう。

戦いに出るのではなくて、戦いの外で戦うのが俺たちの仕事だ。

〈あんまり窓際にいるとよくない。鏡で下が見えるようにして、俺たちは引っ込んで待っていよう〉

ジェスに置き場所を指示して、座ったままノットの様子が見えるよう鏡を配置してもらい、俺たちはベッドに座って暗い部屋でじっとすることにした。ジェスは防御力極振りローブを身に纏った。

「豚さん……あの……近くに寄ってもいいですか」

ジェスを見る。少し寝癖が付いてぴょこんと跳ねた髪が――ではなくて。

〈シュラヴィスに怒られない程度にな〉

そう伝えると、ジェスはベッドで伏せる俺の豚バラに腰を食い込ませるくらい近づいてきた。不安げに、その手が俺の背中を撫でる。

〈大丈夫だ。大丈夫だから、そんなに近づかなくても〉

「ごめんなさい……でも、あの……怖くって」

先細るような小声で言うジェス。そうか、怖いものはしょうがないな。

〈吊り橋効果って知ってるか〉

気晴らしに話題を振ると、ジェスは顎に指を当てて考える。

「周期を使って吊り橋を効率的に破壊する方法ならば本で読みましたが……」

いや壊してどうする。

〈そうじゃない。恐怖でドキドキしているとき近くに誰かがいると、そのドキドキが恋愛感情なのではないかと錯覚して、本当にその人のことを好きになってしまう、という効果のことだ〉

揺れる吊り橋とか、攻められている城の中とか、そういう状況での話だ。

「豚さん、ドキドキしていらっしゃるんですか？」

そりゃこんな美少女が身体を押し付けてきたら童貞は誰だってドキドキしてしまうが……。

〈馬鹿、ジェスのことだ。間違ってもこんな豚のこと、好きになったりするなよ〉

「え、あ……私ですか？　な、なりません、大丈夫です……」

しばらく黙ってから、ジェスはぼそりと呟く。

「童貞さんなんですね……」

そうだよ！　彼女いない歴イコール年齢の眼鏡ヒョロガリクソ童貞だ！　文句あっか！

「い、いえ、別に文句とかそういうのではないんです、そんなこと言ったら私も――」

地の文読み放題サービス期間は終了したが？

「あ、ごめんなさい……でも豚さん、超絶可愛くておっぱいの大きすぎない天使のような性格の彼女さんがいらっしゃるって……」

そうだった。

〈彼女はつい最近できたんだ。厳密には確かにイコールじゃないが、彼女いない歴も年齢も、一九で一致している。細かいことは気にするな〉

返事がないのでジェスを見ると、茶色の瞳がじっとこちらを見つめていた。

〈何だ〉

「いえ、あの、疑うわけではないんですが」

ジェスはまだ俺を見ている。

「豚さんは、細かいことを気にされる方なのかと思っていました」

〈そんな警視庁の窓際刑事みたいな……俺は案外おおざっぱだぞ〉

納得いかない顔で「そうですか」と呟いてから、ジェスは微笑んだ。

「おおざっぱな童貞さんなんですね」

……。

そこ、関連させる必要あったか？

くだらない会話で気を紛らわしていたところ、鏡に二つの赤い光が映るのが見えた。直後、その光が一閃。ノットが回避行動をとったのが分かった。

その理由を考えている間もなく、火球のようなものが恐ろしい勢いで飛んできて、俺たちのいる部屋に直撃した。

光が炸裂して、石が落ち、煙と砂埃が舞い、周囲は天国から、一瞬にして混沌とした地獄へと変貌した。

「豚さん、ご無事ですか」

ジェスの声が聞こえて、安心する。視界は真っ暗だ。背中に何か柔らかい感触がある。

〈すまない、無事だとは思うが、何が何だか……〉

「イーヴィス様のローブが、私たちを守ってくださいました」

視界から闇が取り払われる。ジェスが俺に覆い被さって、ローブで守ってくれていたのだ。

ジェスの背中から、ゴロゴロと岩の破片が落ちる。ここは部屋の中だったはずだが、目を上げると炎の赤を映す黒い雲が見える。俺たちの周りには、ベッドの破片が散乱していた。

〈ローブじゃない。ジェスが俺を守ってくれたんだ〉

そう伝えると、ジェスは困ったように、眉を緩やかな八の字にする。

「そんなことは、ないと思いますが……」

まあいい。

〈現状を把握しながら退避しよう。敵にあれほどの火力の武器があるなら、高いところはむしろ危ない〉

俺とジェスは、慎重に瓦礫の隙間を歩いて、階段が原型を残しているところまで移動した。そこから急いで下に降りる。追撃の気配はない。

〈それにしても、今の攻撃は何だったんだ〉

ジェスは走りながら、チラリとこちらを見た。

「おそらく、イェスマの首輪から取り出した魔力を使った砲撃かと思います。リスタや火薬では、あの威力は出せませんし……イーヴィス様やマーキス様の分析では、闇躍の術師は、攻撃力においては貧弱な魔法しか行使できないとのことですから」

いつか聞いた話を思い出す。イェスマの首輪が高値で取引される理由——イェスマの少女たちが無慈悲に首を落とされる理由。

北部勢力がどのように兵力を蓄えてきたか、考えるだけでも身の毛がよだった。

〈なるほどな。勉強になった〉

俺たちは壊れかけた城の曲がりくねった通路を走り、やがて地面の高さまで下りた。周囲の石積みは崩れ、ところどころで火球の破片が燃えている。

壊れた壁の陰から、足音が聞こえてきた。

〈誰かいるぞ〉

俺はジェスの進行方向を遮るようにして立ち止まる。音で、向こうも足を止めるのが分かった。いったい誰だ。

「ジェスさん……！」

囁くような声が聞こえてきて、警戒を解く。セレスだ。

壁の向こうから、線の細い少女が出てくる。少し縒れてはいるが、以前見たままの、焦げ茶色のワンピース姿。その足元には、大きな黒豚がいる。

黒豚が鼻を鳴らして、セレスはハッと口を覆う。

「ご、ごめんなさいです……」

黒豚に向かって小さく言うセレスに、ジェスは近づいた。

「あなたは……私を知っているんですか？」

「いえ、あの、えと、し、しらないです……」

嘘が下手か？

〈ジェス、こいつは俺の知り合いの、セレスだ〉

「セレスさん……」

呟くジェスを横目に、俺はセレスに問う。

〈なあセレス、ノットたちはどうした〉

「サノンさんと一緒に退避していたら見失ってしまって……きっと、見晴らしのいい広場にいらっしゃると思うんですが……」

最初に陣取っていた辺りから、大きく離れていないわけだな。

鉢合わせしたはいいが、これからどうすればいいだろうか。

考えていると、サノンが鼻をフガフガ鳴らしながらジェスに近づいているのに気付いた。

まずい！　ジェスを変態豚野郎から守らなければ！

セレスに頼んで、サノンに伝える。

〈サノンさん、ダメっすよ。俺のジェスには手――というか鼻を出さないでくださいね〉

立ちふさがって精一杯威圧すると、黒豚は足を止めてジェスを見上げた。

――おっと、失礼しました。あまりにも可愛い子だったものですから、ついうっかり……いやでも、大丈夫ですよ。私は見境のある豚さんですからねぇ
「俺のジェス……」

とジェスに繰り返されて、俺は失言に気付いた。

〈俺の大切な飼い主ということだ。決して変な意味ではないからな〉

訝しげな顔をしていたジェスは、なるほど、と顎を上げる。

「そ、そうですよね、大丈夫です、分かってますよ」

そんな俺の様子を、セレスはじっと見ていた。

〈何だ〉

見返すと、セレスは少し頬を緩めた。

――くそどーてーさんも、私と同じですね
何のことだ、と鼻を鳴らしながら、俺は三人に伝える。

〈せっかく会えたところだが、固まっていても意味はない。セレスはサノンと一緒にノットたちを援護するんだろ？　悪いが、俺はジェスをあらゆる危険から遠ざけるのが仕事だ。一旦、ここでお別れしよう〉

黒豚も同意したようで、俺に向かって頷いた。

――お互い、無事でいましょう
〈ええ。こんなところで死なないでくださいね〉

黒豚は頷くと、セレスをつつき、俺たちが来た方へと歩き始めた。セレスもその後に続く。

〈セレスたちがあっちに行ったたってことは、俺たちはこのままの方向に進めば安全だろう。行くぞ〉

「……はい」

言葉の端に不満を滲ませながら、ジェスは頷いた。

歩きながら、訊く。

〈どうした、何か気に入らないことでもあったか〉

ジェスはプンスコと頬を膨らませて、俺を見下ろした。

「クソ童貞さん、セレスさんの『私と同じ』って、どういう意味だったんですか。やっぱり何か、隠してますよね」

…………。

〈その呼び方はやめてくれ、知識のあるジェスが言うとキャラ崩壊しちゃうから……〉

「誤魔化すんですか……」

説明が難しく、俺は逃げを打つ。

〈いつか話してやるから、現状に集中しよう。ここまで兵は来ていないが、油断禁物だ〉

言っていると、いつの間にか広場のすぐ近くまで来ていた。曲がり角の先に赤い光が二つ見え、咄嗟に立ち止まって壁に寄る。

〈まずいな、逆方向だったみたいだ〉

目を凝らす。暗い石畳の広場では、赤く輝く双剣を持った剣士が、何かと対峙していた。剣士の首に巻かれたストールが、夜風にはためいている。

「やっぱりあんたか、北部勢力を陰で操ってるっていう魔法使いは」

ノットの対峙する人影は、背が高く、何ヶ所かが焼け焦げて切り裂かれた灰色のローブを纏っていた。真鍮のような色の金属でできた、細い大杖をついている。

「また会ったな、小僧。元気そうじゃないか」

冬の夜風が混じったような低く冷たい声が、遠くから、しかしはっきりと聞こえてきた。

ノットは人影を見つめたまま、左手の指で双剣からリスタを外し、地面に捨てる。その指は手品師のような流れる動きで、新しいリスタを双剣に装着した。

「俺の処遇にやたらあんたの私情が挟まってたのは、あんたが王を操ってたからか。殺し損ねて残念だったな、じじい。拷問の仕返しはたっぷりしてやるぜ」

ノットの言っていたアロガン側近の拷問官が、闇躍の術師だったということか。

睨み合いは続く。なぜノットは攻撃しない、とヤキモキしてしまったが、相手のローブを見て、何となく想像がついた。あの焼け焦げは、おそらくノットの攻撃によるもの。全く効いていないのだ。そこでハッと気付く。まずい。

〈あれが闇躍の術師だな〉

――そのようです
〈魔法使いはこのやり取りも聞けるかもしれない。すぐにここを離れよう〉

――そうですね、戻って応援を――

「伏兵がいるようだな」

声が聞こえてきて、ぞっとする。どうも、こちらへ向けられたもののような気がしたからだ。

「そちらへ向けたものだと言ったら、どうする」

ジェスが俺の首の後ろに手を置いた。まずい、もうバレている。

〈俺が出る。ジェスは逃げろ〉

――でも……

〈大丈夫だ。戦うのは俺じゃない〉

それだけ伝えて、俺は走り出した。ジェスの指先が、俺の首から離れる。

ノットの隣まで行くと、目深に被ったフードの中に、ようやく相手の顔が見えた。

鉤鼻で、皺の深い、恐ろしい顔をした老人だった。長い白髪が顔を覆っている。肌は漂白したかのように青白い。なぜか輪郭がぼんやりとして見え、影のような印象である。火球の破片に照らされて、その金色の瞳だけがギラギラと輝いている。相当歳を重ねているように見えるが、生命力に満ち溢れているようにも見える。何歳ぐらいだろうか。

「参考までに教えてやろう。ヴァティスと同い年だ」

勝手に地の文を読んで、老人は言ってきた。そんな、嘘だろ……？

しかし、筋は通っている。王朝の知らない魔法使いがどこかから湧いてきたと考えるよりは、ヴァティスの封じ損ねた魔法使いが今でも生き延びていると考える方が自然だろう。

「お前が例の豚だな。バップサスでは殺し損ねたが、直接会うのは初めてか。お前も殺しておきたいところだが……」

少し考えてから、老人は言う。

「まあ、多少の暇潰しにはなるか。死ね」

どうしたらいい。どんな攻撃が来る。

極度の緊張で、全身の毛を逆立てながら老人を凝視していると、老人が大杖を持ち上げた。

俺は咄嗟(とっさ)に、回避のために走り出す。豚の広い視界の端で、老人が大杖を地面に突き刺すのが見えた。

「ングォ——!」

腹に激痛を感じて、転倒する。見ると、石畳の地面から、大杖の鋭い先端がタケノコのように突き出していた。反対の目に、老人の持った大杖が石畳に刺さっているのが映る。そんな遠隔攻撃、卑怯(ひきょう)だろ。

その瞬間に、ノットが動いた。攻撃モーションの最中の老人を狙ったのだろう。前傾姿勢になると、左手の剣を老人に向かって大きく振り下ろした。

ノットの左手から炸裂(さくれつ)したのは、巨大な三日月状の炎。滝のような火炎の塊は、一瞬で老人を呑み込んだ。炎はそのまま石畳を切り裂いて、老人の奥にあった胸壁を派手に破壊した。

「豚さん、大丈夫ですか」

気が付くと、ジェスがすぐそばにいる。俺は痛みで横倒しになったままジェスを見る。

〈来るな、危ないだろ〉

「あの攻撃なら、どこにいたって一緒です」

まっとうな反論に、返す言葉がない。

〈腹の様子を見てくれないか。自分の腹は、よく見えないんだ〉

「……刺し傷です。大丈夫です、治してみせます」

ジェスが俺の腹に手を当てると、痛みが引いていくのが分かった。

「でも、何でしょう、この黒い痣は……」

訝しむジェスを脇目に、俺は立ち上がった。痛みは残るが、我慢できる。

老人はしばらく炎に包まれていたが、立ち姿のまま鎮火した。皮膚が黒焦げになって、白い骨がむき出しになっている。あっけない。これで斃せたというのか。

しかし、そう簡単にはいかないものだ。

老人の周囲で灰が舞い上がり、元あった場所へと戻っていく。見る見るうちに、長身の肉体が再生されていく。細かな灰は空中でつながって繊維となり、布となり、ローブの形をなしてその身体を覆った。

俺たちはただ、見ているしかなかった。三〇秒もしないうちに、老人は元の姿に戻った。

「何百という果実を取り入れたこの身体。そう簡単に滅びることはない」

首を回しながら老人は言った。果実だって？　悪魔の実か何かか？

ノットが、リスタを交換しながら老人に言う。

「あんた、随分と無駄話が多いじゃねえか。さては何かの時間稼ぎか」

ゆっくりと、顔の前で腕を交差するノット。直後、双剣を振り下ろし、Xの形をした炎を老人に向けて放った。

老人はノットの炎を大杖で受けていなす。そこに、暗闇の中からロッシが飛び出してきて、老人の首根っこに背後から噛みついた。ロッシの口元でバチバチとスパークが走り、老人は体勢を崩す。ロッシが老人を蹴って飛び退くと同時に笛のような音がして、気付いたときには、老人の目に深々と矢が突き刺さっていた。老人の身体が地面に倒れる。その頭部は霜で覆われ始めた。矢に仕込まれた魔法が効いたのだ。

攻撃は、これだけでは終わらなかった。木の上から大斧を振りかぶった影が落ちてきたかと思うと、その大斧が老人の頭部に向かって一気に振り下ろされた。刹那、落雷のような閃光と衝撃で、周囲の情報がすべて白飛びする。

目が慣れると、石畳だったはずの地面が大きく抉れて土が露出し、黒焦げとなった人間の破片が散らばっているのが見えた。その穴の中へ、ノットがクルミほどの金属球を三つまとめて落とす。

爆発。

煙が消えてから穴を覗き込む。原形を留めたものは、大杖以外何も残っていなかった。

「これで終わり？」

イツネが大斧を肩に乗せて言う。

ノットは双剣をしまわないまま、黙って穴を覗き込んでいる。

そのときだった。

穴の中で、何かが動いた。カサカサと気味の悪い音がする。ノットが双剣を赤く輝かせて、穴を照らした。信じがたいことが起こっていた。炭や灰が、意思をもっているかのように、一か所に集まり始めているのだ。

「離れろ」

ノットの命令に、その場にいた者は全員従った。

穴から何かが立ち上がる。燃えかすが渦巻きながら集まって、人の姿をなしている。立体的な影が、空間に投影されているかのようだ。

影はしばらくこちらを見ていたが、やがて城壁の外へと飛んでいき——遂に見えなくなった。

イツネの雷撃が穿った穴の中には、金属の大杖だけが残されていた。

「殺せなかったか」

後ろの方で声がしたので振り返ると、そこには無傷のシュラヴィスが立っていた。

ノットが舌打ちをする。

「てめえ、なんで加勢しなかった」

殺気立つノットに、シュラヴィスは落ち着いた様子で歩み寄る。

「あいつがこんなところに単身乗り込んできて、お前を殺そうともせずのろのろしていた理由が分からないか。闇躍の術師の狙いは、もはやお前たちではない。王の血族だ。俺を誘い出して殺すつもりだったんだろう。だから俺は出なかった」

「怖かったの間違いじゃねえのか。てめえが加勢すりゃ斃せたかもしれねえのによ」

「そうか? 俺の攻撃はしょせん、物理的なものだ。脳を貫かれ雷撃で粉々になっても再生するようでは、俺が加勢したところで意味がない。それを見込んで、あの老人もこんな罠の中に入ってきたんだろう」

誰も反論しない。シュラヴィスは壊れた胸壁から湿原を見下ろした。

「北部軍は去っていくようだ。今回は王朝軍の兵を残して、俺たちも引き上げよう。あれほどの損傷を受ければ、闇躍の術師もすぐには戻ってこないはずだ」

「そうかよ。じゃあ俺たちは休むぜ」

ノットが言って、イツネとともに引き上げる。ロッシがこちらを気にしながら、テコテコとその後を追う。壊れかけた広場には、俺とジェスとシュラヴィスだけが残された。

「あの、シュラヴィスさん」

俺の隣で、ジェスが上擦った声で呼びかける。

「何だ」

「豚さんが……お腹が……」

シュラヴィスは足早に俺の方へ歩いてきて、屈んで俺の腹を見る。

「この痣……」

〈痣がどうしたって?〉

「間違いない。おじい様を殺した呪いと同じものだ。この黒い痣が全身を侵食して、おじい様は死んだ」

シュラヴィスは手の上に金属の円盤を出現させると、それを俺の目の横にかざした。クモヒトデのような形の黒い痣が、豚の脇腹に広がっているのが映っている。痣は手のひらよりも大きな面積で、見ている間にもじわじわと広がり続けている。悪寒のような不快な痛みが、その場所でじんじんと主張し始めた。

〈治す方法は……ないのか〉

「……おじい様は、その呪いで殺された」

同じ内容を繰り返すシュラヴィス。言いたいことは分かった。メステリア最高の魔法使いを打ち負かした呪いに、誰が対処できるというのか。

「そんな、ダメです、だって……」

ジェスが地面に座り込み、俺の背中に手を置いて、涙目になって訴える。

俺だって、まだ信じられない。実感がない。死ぬのか？　こんなところで？

〈痛いのは我慢する。痣のある場所だけ抉り取って、再生できないか？〉

提案した直後に激痛が走って、その痛みがすぐに消える。だが悪寒のような痛みは消えない。

「無駄だ、ジェス。それで治るなら、おじい様だって右腕を切り落としていたはずだ」

「シュラヴィスさん、お願いです、豚さんを助けてあげてください」

「俺だって、助けられるなら助けたい」

………。

誰も言葉を発しない。静けさを取り戻しつつある夜に、聞いているだけでもつらくなるようなジェスの嗚咽が響き始めた。

〈ジェス、泣くな。どうしてこんな豚にそこまで――〉

「だって……豚さんは、私の初めてのお友達です」

しゃくり上げながら、涙声で言うジェス。

〈ジェスみたいな子にだったら、友達はいくらでもできるさ。安心しろ〉

「違うんです、だって……違うんです。豚さんはいつも私のそばにいて、私のことを考えてくださって……だから………」

そんなの当たり前だろう。推しなんだから。

痛みは止まることなく拡大していく。イーヴィスはしばらく持ちこたえていたようだが、俺の呪いの進行は早い。魔力の違いからだろうか。痛みは、もう首元まで迫っていた。

「豚さんには、超絶可愛くておっぱいの大きすぎない天使のような性格の彼女さんがいるんじゃなかったんですか。死んでしまったら彼女さんは、絶対に悲しみます。だから……だから、死んじゃダメです」

　超絶可愛くておっぱいの大きすぎない天使のような性格の少女が、目の前で涙を流している。そうだな、こんな彼女がいたら、きっと俺の死を悲しんでくれただろうな。

〈言ってなかったか。俺はこの世界で死んだら、元の世界に帰れるんだ。むしろここで死んだ方が、彼女に早く会える〉

　ジェスは驚いたように目を見開く。

「そう……なんですか」

〈だから、お前がその子の代わりに悲しむことはないんだ〉

「でも私、とても悲しいです」

〈優しいんだな〉

「そうじゃないんです、嫌なんです……どうしようもなく、嫌なんです」

　立っているのがつらくなって、脚を折って地面に伏せる。痛みは四肢を侵し始めた。

「ダメです、豚さん！」

　ジェスが俺に抱きつく。シュラヴィスの足が、咄嗟にそっぽを向くのが見えた。

「お願いです、これ以上私から、大切な人を奪わないでください……」

ジェスの声は俺ではなく、どこか遠くの、ひょっとすると分厚い雲の向こうに広がっている星空に、向けられているように聞こえた。

気が付くと、空が明るくなっていた。雲が裂けて、遠くから紅い朝日が差してくる。

痛みが消えていた。まさか。

ジェスが俺を放した。目の前のシュラヴィスは、まだそっぽを向いている。

〈シュラヴィス！　さっきの鏡、もう一度貸してくれないか〉

立ち上がって言うと、シュラヴィスがこちらを向いた。

「ジェス！」

シュラヴィスが鋭く叫ぶ。慌てて振り返ると、ジェスが俺の後ろで、石畳に身体を投げ出すように倒れているのが分かった。目を閉じて腹に手を当て、苦しそうに息をしている。

ハッと息をのんで、シュラヴィスはジェスの服をめくって腹を出す。そこには……

そこには、どす黒い網目模様がびっしりと広がっていた。

まさか、ジェスが俺の呪いを肩代わりしたというのか……？

今度は俺が慌てる番だった。

〈ジェス、しっかりしろ！〉

「う……ぅう……」

ジェスはうっすら目を開けて、口だけで微笑んだ。

「よかった……豚さん、治りましたね……」

嘘だろ。おいおいおいおいおい。聞いてないぞ。どう考えても、ここで俺が死んで終わりの展開だったじゃないか。そんな、ジェスが……嘘だろ？

〈ダメだジェス、そんな……死んじゃダメだ〉

「優しいんですね」

違う。そうじゃない。何寝ぼけたことを言ってるんだ。

〈お前には、大切な人がいたんじゃなかったのか。思い出したかったんだろ。その前に死んでいいのか〉

呪いの痣は、紙が燃えていくようなスピードでジェスの首元を上がり、その小さな顎に魔の手を伸ばしている。おろおろと視線を迷わせるシュラヴィス。どうしていいか分からずジェスの近くで立ち尽くしている俺。

「死ぬときに近くにいて、悲しんでくださるお方がいるだけで、私は幸せです」

ジェスが瞼を閉じると、涙が横顔を伝って、石畳に落ちた。

「私の大切な人は、やっぱり、豚さんということにしておきます」

黒い網目模様がジェスの顎の線を越えて、顔を侵食し始めた。その細い腕にも、あんなにきれいだった脚にも、呪いは止まることなく染み込んでいく。

嘘だ。こんなことになるなら、一度くらい……

〈ジェス、聞いてくれ、俺は――〉

そのとき少しだけ、ジェスは目を開いた。その目は何かを悟ったような光を宿している。

――鍵が大きい理由、やっと分かりました

きれいな茶色い瞳が俺だけを見る。何だって？

ジェスの目は嬉しそうに閉じて、その瞼がさらなる涙を押し流した。

呪いの痣は止まることなく一気に広がって、ジェスの全身を覆い尽くす。

なす術はなかった。

ぎゅっと握られたその小さな手が、真っ黒な網目模様に覆われたまま、はらりと脱力して開いた。

# 断五章

# 大切な……

the story of
a man turned into
a pig.

夜空のきれいな星たちが、私を見下ろしています。手を合わせて、目を閉じました。
――お願いします。私にはとても、独りで王都を目指すことなどできません
――寂しくて、恐ろしくて、耐えられません
――だからどうか。どうかお願いします
――私と一緒に旅に出て、私を助けてくださる方を、私のもとにお連れください
自分勝手な願いを祈ってから、私は目を開きます。
そのとき、信じられないことが起こりました。
一つ、二つ……一〇……二〇……
たくさんの流れ星が、一斉に空を流れ始めたのです。
そして次の日、私は――

# 第五章

# 記憶喪失もので恋は実らない

the story of a man turned into a pig.

葬儀の空気はあまりにも重かった。

広い金の聖堂に、ポツンと棺が一つだけ。聖堂にいる人間はマーキス、ヴィース、シュラヴィスという親子三人のみで、そこに、邪魔者の豚が一匹混じっていた。だが俺は、葬儀に参列しないわけにはいかなかった。恩人なのだから、当然だ。

王マーキスは感情を特に出さず淡々と次第を進めて、葬儀はすぐに終わった。シュラヴィスによると、メステリアの維持を指揮するだけでも大変なのに、北部勢力による侵攻、不死身の魔法使いからの攻撃という心配事が増えて、王夫妻は禿げ散らかさんばかりに大変らしい。だから葬儀も、必要最低限に済ませるしかなかった。

きれいに晴れた日の、夕方のことだった。ここでの最初の別れを思い出す。あのときと同じで、ステンドグラスからは強い西日が差し込んで、暗い聖堂の床に色鮮やかな像を投影している。じっくりと見て、初めて気付く。天に召される優しそうな女性を描いたステンドグラスだ。

「呪いの痕は、どうしても消えなかったらしい。遺骸は焼いて骨にしてしまうそうだ」

葬儀からの帰り、シュラヴィスは淡々と言った。俺とシュラヴィスは、彫刻で装飾された、白い大理石の広く長い石段を上っている。王都は山を覆う石造りの街だ。石段から振り返ると、灰色の街並みのずっと下に針の森の暗い緑が広がっているのが見渡せる。

〈……普通は焼かないのか〉

「そうだ。小さい頃に一度だけ、儀式でヴァティス様の遺骸を見たことがあるが……乾くことも朽ちることもなく、恐ろしいほど鮮明に、生前のお姿を留めていたのを憶えている」

シュラヴィスはいつもより早口だ。死から目を逸らそうとしているのかもしれない。俺も付き合う。

〈でも、一〇〇年くらい前の人なんだろ？〉

「そうだ。だが、強力な魔法は死さえ超越することがある……もちろん、一度死んだ者が生き返った例は、お前のようなのを除けば一つもないがな」

葬儀の後だからか、シュラヴィスは丁寧にも補足した。

〈死なないようにする魔法は、あるんだよな。あの闇躍の術師みたいに〉

「そのようだ。どんな魔法なのか、まだ見当もついていないらしいがな」

ため息をついて、シュラヴィスは続ける。

「だが、敵の特性が分かったのは大きい。何らかの魔法に守られ、あの老人は物理的な破壊では殺せない。そして老人の呪いは、比較的近距離で施される。残された大杖を分析したところ、物理的な強化の魔法と簡単な変形の魔法しか施されていなかったそうだ。王冠石城の石畳と地面には大杖の通った穴が貫通していた。あの攻撃は、空間を無視しているわけではないのだ。何かを介して接触しなければ、呪いを施すことはできない。つまり、当てられると死ぬが、当たらないように対策することはできる」

俺に話しているようで、シュラヴィスはずっと先を見つめたまま喋っている。自分で頭を整理しているようだ。真面目な奴だと思う。

〈結局あの老人の狙いは、ノットじゃなくて、王朝の魔法使いを殺すことだったんだな〉

「そうだろう。物理攻撃で死なない身の向こうからしてみれば、ノットなんて脅威でも何でもないはずだ。殺したければいつでも殺せる。まずは着実に王朝の駒を減らしていくのが目的に違いない」

シュラヴィスは聖堂の方を振り返った。

「――そして、すでに成功している」

〈なるほどな〉

沈黙。シュラヴィスはようやくこちらに目を向ける。

「豚。ちょっと、ジェスの部屋に行かないか」

〈でもまだ――〉

「大丈夫だ。お前に見せたいものがある」

シュラヴィスに連れられ、二人でジェスの部屋へ行く。勉強机のある居室は空っぽだ。窓が開いて、風が静かに吹き込んでいる。奥には、ベッドの置かれた寝室がある。
ジェスはそこで、静かに寝息を立てて眠っていた。

〈まだ起きないのか〉

「前例のないことだ。いつ起きるかは、誰にも分からない」

シュラヴィスはジェスをチラリと見て答えた。その寝顔に、呪いの痣はもうない。

はっきり言って、奇跡的な偶然だった。ジェスの身体が呪いに覆われた直後、ジェスが脱魔法を起こしたのだ。脱魔法は、魔法使いの脱皮と言われる現象。当人のものを含めてあらゆる魔法が、そこで白紙になる。ジェスにかかっていた遅効性の死の呪いは、脱魔法の際にあっけなく消滅したのであった。

「偶然ではないと思うがな」

シュラヴィスが言った。

〈は？〉

「地の文だ。脱魔法は、急速な魔力の高ぶりによって、若い魔法使いに突発的に起こるものだ。ジェスの魔力が死を目前にして高ぶったのは、他でもない、お前がそばにいたからだろう。封印された記憶がお前とのものだと確信して、それを死ぬ前に一瞬でも取り戻したいと願って、それでおじい様の封印魔法を解こうという大きな魔力の動きが生まれたんだ。だからあのタイミングで脱魔法が起こった」

そうだったのか。

〈まさか、お前のじいさんは、それを予期して……?〉

「さあな。真実はもう、棺の中だ。じき灰になる」

シュラヴィスと俺は寝室を出て、居室に戻った。シュラヴィスが寝室の扉を閉める。

「……まあおじい様ならば、分かっていたとしてもおかしくはないだろうな」

卓越した先見の明をもつ王。その死によって、メステリアは再び混迷の時代へと突入した。

しかしそれは、この出来損ないの世界を俺たちの手で上書きしていくための第一歩でもある。

〈で、話って何だ〉

「まあ座れ」

シュラヴィスは床を指差し、自分はジェスの勉強椅子に座る。ドS王子様か?

俺が大人しく床にお座りすると、シュラヴィスはジェスの勉強机から一冊の本を取り出した。

焦げ茶色の革の装丁で、文庫本ほどの大きさだ。

「こっちの文字は読めるんだよな。見てみろ」

そう言って、最初のページを開くと俺の前に置く。

ジェスの魔法のおかげで、メステリア語の使用には苦労しない。

クリーム色のページには、きれいな黒いペン字が綴られていた。日記のようだ。

王暦一二九年　七の月　七日

記憶というのは、とても頼りないものです。どこか確かな場所に思い出を残さなければ、と思って、日記を始めました。

今朝は初めて目を覚ましたような気分でした。驚きの連続で、頭が混乱しています。間違いないのは、私はいつの間にか王都に辿り着いていて、魔法が使えるようになっていて、そしてなんと、王様のお孫さんの許嫁として迎え入れられているということです。思ってもみなかった厚遇で、とても嬉しく思います。でも何か、大切なことを忘れている気がします。頭の中の知らない場所に栞が挟まっているようで、とても、もどかしい感じです。

言えない理由があって私の記憶を封印したと、王様が教えてくださいました。

シュラヴィスは魔法で、手を触れずにページを何枚かめくる。

七の月　一四日

今日は初めて、魔法でものを動かせるようになりました。思っていたよりも簡単です。

旅のことについては、やっぱりどうしても思い出せません。忘れてはいけないということだけ憶えていて、憶えているべきはずのことは忘れてしまっています。とても苦しいです。思慮深く大変優しいお方なのに、イーヴィス様はどうしてこんなにひどいことをするのでしょう。

さらにめくる。

八の月　一日

今月からは、ものを創る魔法を教えていただけることになりました。そのためにまず、ものの構造の勉強です。世界がどれだけ難しくできているのか考えて、ちょっと眩暈がしました。自習中にウトウトしてしまって、おかしな夢を見ました。暗い森の中、どなたかが私のすぐそばにいて、ずっと一緒にいると約束してくださる夢です。とても嬉しくて、どんなお礼を言えばいいのか考えている間に、目が覚めてしまいました。私は独りで本を読んでいました。

たくさんのページが一度にめくれる。

八の月　二八日

今日は吸素を創ることができました。学んでいた通り、吸素の風を与えると炎がとても明るくなります。私の身体が吸素で生きているのと、炎が吸素で燃えるのとは、どこか似ているような気がしました。何か関係があるのでしょうか？　明日調べます。

夜、きれいな星空を見たら、なぜか涙が出てきました。どうしてでしょう。これはいくら調べても、分からない気がします。

少しめくれて。

九の月　三日
今日はお水を操る練習の続きでした。なかなかつかみどころがなくて、苦戦しています。
悩んでいると、ヴィースさんが私を見晴らしのいい王都最上部へ連れて行ってくださいました。マーキスさんの創られた龍が、ここから離着陸するそうです。素晴らしい眺めでした。
キルトリの方角の山々を見たら、また涙が出てしまいました。最近私は泣いてばかりです。
いい加減に強くならなければ、と思いました。

十数枚が一気にめくれて。

一〇の月　九日
ニアベルへ行っていた間は書けず、久しぶりの日記です。本当に色々なことがありました。
ここにはとても書き切れないので、一つだけ。
昨日、私の前に突然、豚さんがやってきました。男の方なのに、なぜか豚になってしまったそうです。不思議な方です。色々なことを知っていて、どうも私のこともご存じのような気がします。ご本人は否定されていましたが。

豚さんはニアベルの戦のとき、必死になって私を守ってくださいました。そのとき豚さんの背中に乗せていただいたのですが、なぜかそこでも、涙が溢れてきました。星空や山々を見たときと同じ、不思議な感覚でした。

豚さんは、これからもそばにいてくださるそうです。

シュラヴィスは日記を取り上げて、元の場所に戻した。

「勉強した内容についてしか書かれていないページもあるが、ジェスはこんな調子で、お前のことばかり書いているんだ。健気だろう」

長い脚が、俺の前で組み直される。

「……いったい誰が、こんな子を嫁にもらいたいなんて思う」

ため息交じりの声に、俺は顔を上げる。

〈婚約を破棄するつもりか〉

シュラヴィスは首を振る。

「そもそも正式な婚約などしていないが……今はジェスの立場のためにも、この関係をやめるつもりはない。おじい様亡き今、ジェスを王朝に繋ぎ止めているのは、俺との結婚という口約束だけだからな」

〈じゃあどうして、日記を俺に見せた〉

「俺もジェスと同じで孤独な人間なんだ。少しくらい雑談に付き合ってくれてもいいだろう」

濃い眉の下で笑わないシュラヴィスの目。しかし口は、不器用に笑っていた。無理に明るい雰囲気をつくろうとしているような気がした。

〈ジェスとどう向き合うべきか、悩んでるんだな〉

「そうだ」

しばらく置いて、シュラヴィスは続ける。

「正直言って、ジェスのような女性と一緒になれるのなら、俺は喜んでそうする。あんなに真面目で、熱心で、美しい性格の人はなかなかいないだろう……胸も大きすぎないしな」

え……？　何だって？

俺がぽかんとしていると、シュラヴィスは顔を赤くする。

「今のは冗談だ。笑うところだ」

冗談下手すぎか？　一瞬、同志を見つけたかと思って喜んでしまったではないか。

咳払い（せきばら）をして、シュラヴィスは言う。

「真面目な話に戻ろう。ジェスの今後について、決めておきたいことが一つある」

〈何だ〉

「記憶の話だ。ジェスが起こした脱魔法は、闇躍の術師の呪いと一緒に、おじい様がジェスにかけた最期の封印魔法まで解いてしまった。だからジェスは次に目を覚ましたとき、おそらくすべての記憶を取り戻すはずだ」

なるほど……確かにそうだ。

〈何か問題があるのか〉

「そうなったとき、お前は、ジェスは、本当に今のままでいいのか。ジェスは俺の許嫁のままでいいと、お前は思うか」

………。

〈死の間際、イーヴィスは俺に帰れと言った。しかるべきときまでジェスのそばにいて、しかるべきときに元の世界へ帰れ、そう言われたんだ。そうしなければ一生戻れなくなるってな。俺はいつまでも、ジェスのそばにいてやることはできない〉

ちょっと迷ってから、俺ははっきりと伝える。

〈俺が消えたら、お前にジェスのことを頼みたい。だから今のままでいてくれ〉

シュラヴィスの目は、迷っているように見えた。

「そうか。それなら一つ、父上から提案がある」

落ち着かない様子でまた脚を組み替え、大きく息を吐いた。

「記憶の封印というのは、おじい様にしか使えないとても高度な魔法で、今はもう誰も施すことができない。だが記憶の消去なら、イェスマや王都民に対して日頃から行なわれていることだ。父上や母上、それに専門の王都民でさえ施すことができる」

　ぞくりと豚肌が立った。

〈……ジェスの記憶を、消そうということか〉

「そういう可能性もあるという話だ。ジェスが一生背負うには、ジェスのお前との記憶はあまりにも重すぎる。お前が消えてしまうなら、きっと思い出さない方がマシだろう。お前が去ってから記憶の封印まで、ジェスは廃人同然だった。記憶を消してしまえば、ジェスはそんな思いをせずに済む」

　シュラヴィスは大きく息を吐き出した。

「だが封印と違って、消去された記憶は一生戻ることがない。いくら後悔したところで、回復させることはできない。そして封印のように、『何かがあった』と憶えていることもない」

　栞の話を思い出す。

——記憶が本のようなものだとすれば、今の私の状態は、家を出てから王都で暮らし始めるまでのページが、全部濡れてくっついてしまっているような感じです。でもそこにしっかり栞は挟んであって、また絶対に読み返そうと、そういう気持ちだけは残っていて……

　記憶の消去は、喩えるならページを破いて捨ててしまうことだろう。挟まっていた栞も一緒に捨ててしまうから、その栞に苦しめられることもない。

ジェスの日記を思い出す。あんなふうに俺のことを考えてくれていたのかと嬉しかった反面、それなのに近くにいられなかったというつらさが、棘のようになってハツに刺さっている。俺が日本へ帰れば、それはジェスが死ぬまで続くのだ。

いっそ、なかったことにできるのならば。

俺とジェスが、出会わなかったことにできるなら。

そんな純愛小説みたいな選択肢が俺の人生にあるなんて、想像してもいなかった。

だが、答えは決まっている。俺はジェスとイチャラブして帰るためにメステリアへ来たわけではない。そうだろう？ 当たり前だ。ジェスを幸せにするために、やり残したことをするために、戻ってきたのだ。

意を決して、シュラヴィスに伝える。

〈消してくれ。イーヴィスが封印していた記憶を、全部〉

シュラヴィスは「そうか」と呟いて、口をさらに笑わせた。今度は本当の笑みだった。

「それを聞いて安心した。お前の覚悟と、ジェスへの想いはよく分かった。、い、い、くれぐれも記憶を、消したりはしない、い、い、よう、父上に進言してこよう」

その晩、空が明るみ始めた日の出前に、ジェスは目を覚ました。ベッド脇で丸くなって眠っていた俺は、「んん……」というジェスの声に起こされた。

薄暗い部屋の中、寝間着姿のジェスは黙ってベッドから立ち上がると、銀色の小箱と、大きな金色の鍵を持って戻ってきた。神妙な顔で、ジェスは俺の前に立つ。

「あの……豚さん」

〈どうした〉

「この鍵を咥えて、この小箱の鍵穴に、差し込んでくださいませんか？」

ジェスはしゃがんで膝をつき、少し前屈みになって俺に鍵を差し出した。見ていてハラハラしてしまうような、白の薄いネグリジェ姿だ。明るい部屋だったらアウトかもしれない。

〈えっと……色々見えてしまいそうだから、着替えてからにしないか〉

「待てないんです。お願いします」

ジェスがこれ以上前屈みになるとヤバいと思ったので、俺は慌てて、口で鍵を受け取った。先端に比べて持ち手が大きく作られていて、豚の口でも容易に咥えることができた——というか、豚でも持てるように作られている鍵のような気がした。

——鍵が大きい理由、やっと分かりました
呪いを肩代わりしてくれたときの言葉が、脳裏をよぎる。死を覚悟したとき、ジェスはこの鍵のことを思い返していたのだ。

あられもない服装の、髪の乱れた少女が、身体の前に小箱を差し出して待っている。俺はそちらへ歩み寄って、顔を見る。澄んだ茶色の瞳が、俺をまっすぐに見返した。

「……お願いです、早く、来てください」

鍵穴をこちらに向け、ジェスは箱をさらに俺の方へと差し出した。俺は一歩前へ進み、不器用に鍵をあてがう。

妙な緊張感があった。

慎重に、鍵を差し込む。小箱はカチャリと、柔らかい音を立てて開いた。

ジェスは丁寧に蓋を開いて、すぐに中身を取り出す。入っていたのは、折り畳まれた薄緑色のスカーフと、ガラスのペンダントだった。

ペンダントを透かして見るジェス。その湿った目には、豚と少女の像が映っている。

震える手で、ジェスはペンダントを首に掛けた。胸元の柔らかな肌にガラスの記憶が触れる。

「私、全部、思い出しました」

小さな声が言った。

「これはイーヴィス様が、私と最後に話したときにくださった箱と鍵です。封印された記憶に深く関わる方にしか開けることができないと、そう言われていました」

〈封印、解けたんだな〉

伝えながら、鍵を絨毯(じゅうたん)の上に置く。豚でも咥(くわ)えられるように配慮したのは、イーヴィスの優しさだろう。

「あの……こういうときに何て言えばいいのか、私、分からなくて……」

ジェスはスカーフをぎゅっと握ったまま、蚊の鳴くような声で言った。

確かにそうだ。ちょっと気の利いたことでも言えればいいのだが、ここで「食べないでください」などと言うのも違うだろう。

思ったことをそのまま、ジェスに伝える。

〈また会えたな〉

ジェスは目を潤ませて、無言で頷く。

――ごめんなさい、声を出すと、泣いてしまいそうで

〈俺も、声を出したら鳴いてしまいそうだ〉

場違いな冗談に、ジェスは笑顔になって歯を見せる。しかしその喉から聞こえてきたのは、笑い声ではなくて、嗚咽だった。

「ぶた、さん……」

ジェスは俺の頬肉を両手で包むように触って、額を俺の額に押し当ててきた。目の前で、長い睫毛が濡れている。うっ、うっ、と泣く声が、骨を通じて伝わってくる。

「……やっぱりそばに、いてくださったんですね」

震える声で言われ、泣きそうになるのを我慢する。

〈ちょっと、お別れが早すぎた気がしてな〉

睫毛の先から落ちた雫が、俺の鼻の上で砕ける。

「……ひどいです」

喉の奥から絞り出すような声だった。俺は金縛りにあったように動けなくなる。

「どうして……どうして、いなくなったりしたんですか」

まっすぐな問いに、言葉を詰まらせる。

〈それは……言っただろ。イーヴィスの手前、ああするしかなかったんだ〉

俺の返答は、とてもまっすぐなどではなかった。

「豚さんはいつだって、諦めずに、私を支えてくださっていたのに、どうして……」

しゃくり上げるジェスに、返せる言葉はない。

ジェスは俺の硬い頭蓋骨に、グリグリと額を押し付けてくる。

「もう一生会えないと思って、私がどれほどつらかったか、豚さんに分かりますか」

〈すまん……〉

「それに、またお会いしてからだって……私のことなんか知らないフリをして……どうしてあんなに、ひどいことができるんですか。私がどんな想いで豚さんのことを思い出そうとしていたか、分かっていらっしゃったはずなのに……」

事情があった、なんて言えない。何事にも事情はあるだろう。それを言い訳にするかどうかを、問われているのだ。

〈悪かった。ジェスの気持ちよりも、俺の都合を優先してしまった〉

「そうです、豚さんが悪いんです。豚さんが全部、悪いんです。私、ずっと——」

そこから先の言葉は、何も聞こえなかった。

ジェスは俺の頬を放さず、額を押し付けたまま、大声で泣き始めた。俺はジェスのにおいに包まれながら、ようやく会えたという実感を嚙みしめて、ただ涙を流すことしかできなかった。


朝食後、ようやく落ち着いたジェスは、俺を実験室に案内した。実験室は岩をくり抜いて造った洞窟のような場所で、棚に様々なものが陳列された部屋と、石造りの椅子と机が置かれた簡素な部屋とに分かれていた。小さな窓から差し込む光と壁に掛けられた魔法のランタンが、粗削りな内装を薄暗く照らしている。

「私、豚さんがいない三ヶ月の間、ここで魔法の練習をしていたんです」

石の机を触るジェスは、もう日中の装いになっていた。髪は整えられ、着衣に乱れはない。

「何ですか、豚さん。寝間着の方が、よかったですか?」

〈まさかそんな、変態じゃあるまいし……あと地の文は読むなよ〉

クスクスと笑いながら、ジェスは手に持っていたガラスの杯を机に置いた。

「私、ずっと自慢したかったんです。こんなに色々なことができるようになったんですよって、誰かに見てほしくって……豚さんに、お願いしてもいいですか？」

楽しそうに言われて、俺は頷く。

〈もちろん。俺も見てみたいな、燃料を撒いて爆発させる以外の魔法を〉

「えっと……一応、あれが一番練習した魔法なんですが……」

少し拗ねたように言われて、気になった。

〈どうしてあの魔法を、そんなに練習したんだ？〉

「強く、なりたくて」

そんな少年漫画の主人公みたいな……。

「誰かに言われた気がしていたんです。自分の力で幸せになれ、って。だから、自分を守ることができる強力な魔法を、たくさん練習しました」

〈……そうだったんだな〉

こんなに理不尽な世界で、自分の力で幸せになれだなんて、いったい誰が言ったのだろうか。まったく、とんでもない無責任野郎だ。

ジェスは楽しそうに、ガラスの杯の上に手をかざす。杯の底から、無色透明の液体が湧き出してきた。

「これはお水です」

ジェスが手を向けると、杯がフワフワと浮かび上がり、俺の真上に移動した。

「このように、触れずにものを動かすこともできるようになったんですよ。形あるものを操るのは、そんなに難しくありません」

嫌な予感がした。直後、ジェスは手を少し傾けて、俺の真上で杯をひっくり返した。杯を満たしていた水が、俺の上に降ってくる――かと思って耳を縮めていると、水は俺の鼻面のすぐ上で、渦巻きながら浮かんでいた。

「形のないものも、少しは操ることができるようになりました」

ジェスが両手を広げると、俺の上で渦巻いていた水が細い流れとなって、ジェスの周囲を螺旋状に回り始める。水のベールに包まれた少女はつま先立ちになって、バレリーナのようにくるりと一回転した。細い金髪がサラサラと舞う。水は細かい雫になって、やがて消えた。

「豚さん、お口が開きっぱなしですよ。見とれちゃいましたか?」

悪戯っぽく言われて、口を閉じる。

〈すごいな……きれいだ〉

「ありがとうございます。他にもあるんですよ。見てください」

ジェスは小さな子供のようにはしゃぎながら、俺にたくさんの魔法を披露してくれた。水を加熱してあっという間に沸騰させる魔法。酒気――つまりエタノールを燃やしてオレンジ色の炎をつくる魔法。酒気と水の間の物質――おそらくメタノール――を燃やして暗い青色の炎をつくる魔法。

「この暗い炎はですね、お塩の仲間を混ぜると、様々な色をつけることができるんです」

さながら実験教室のように説明しながら、ジェスは机の上で燃えるいくつもの炎を、赤、黄、緑、青、紫と色づけていく。薄暗い実験室で揺らめく様々な色の炎は、ジェスの茶色い瞳をキラキラと輝かせていた。

〈きれいだな……すごい技だ。魔法の勉強は楽しいか〉

ジェスは大きく頷く。

「はい！　この世界ってすごいんですよ。まるで誰かが規則を考えたみたいに、細かいものののつくりまで、しっかりと決まっているんです。学べば学ぶほど、その決まりを自分のものとして活用できるようになって……」

興奮気味に熱弁するジェスを見て、俺は確信する。ジェスはやはり、奴隷なんかで終わっていい女性ではなかった。立派な学者になるだろうという俺の予想は、外れていないだろう。

〈このまま頑張れば、すぐ、一人前の魔法使いになれそうだな〉

嬉しそうにはにかみながらも、ジェスはゆるゆると首を振る。

「いえ、こんなのはまだ、入り口です。一生かかっても学びきれないことが、この世界にはあるんです。図書室にも、魔法の本だけでも読み切れない量があって……それに、今の理論だけでは説明ができない世界もあるそうで……」

こんなに楽しそうなジェスは、久しぶりに見たかもしれない。

〈よかったな。充実していそうで、安心した〉

「ええ、お勉強は、とっても楽しいです」

元気に返事をしてから、ジェスは少し声のトーンを落とした。

「……あの、さっきはあまりに理不尽なことを言ってしまいましたが、私、きちんと分かっているつもりです。今ある私の幸せは、全部豚さんのおかげなんだって……このメステリアを去るという豚さんの選択も、こうして私がここにいるためには必要なことだったんだ、って」

炎を消して、ジェスは俺のことを見てくる。

「改めて、お礼を言わせてください。本当に、ありがとうございました」

ジェスはぺこりと頭を下げる。

「……そして、すみませんでした……さっきは、少し取り乱してしまって……」

急に感謝と謝罪を受けて、俺は戸惑ってしまう。

〈いや……別にいいんだ、あれくらいまっすぐに感情を伝えてもらった方が、俺としても嬉しいからな。女心未履修オタクには、はっきりものを言わないと伝わらない〉

「そうですか……」

ジェスは呟くと、俺の方に歩いてきて、床に膝をついて俺と視線を合わせた。

「じゃあ、もう一つだけ」

〈おう……何だ〉

「私はもう、大丈夫です。豚さんに言われた通り、自分の力で幸せになってみせます。豚さんに縋らずとも、ちゃんと生きていけるように頑張ります」

〈……それはよかった〉

何を言われるかと思ってドキドキしていたが、その言葉を聞いて安心した。これで俺も、使命を終えたら心置きなく――

ぎゅっと、ジェスが突然、俺を抱きしめてくる。

「だから豚さん、お願いです……もう、どこへも行かないでください」

実験室の扉が開いて、沈黙が破られた。

「おっと……失礼しました」

豚と抱き合うジェスに注がれる視線は、ヴィースのものだった。ジェスは慌てて俺を放す。

「ご、ごめんなさい、その、これは……」

何も悪いことはしていないはずなのに、妙な罪悪感がある。王子の母は俺に向かって、「豚の姿でよかったですね」というニュアンスの微笑みを向けてきた。

「ジェス、探したんですよ」

「すみません、ちょっと、魔法の練習がしたくなって……」

ヴィースは俺を見てくる。

〈本当です、やましいことは何も……〉

口に手を当てて、上品に笑うヴィース。

「分かっていますよ。別に、ここにいることを咎めに来たわけではありません」

真剣な表情になって、ヴィースはジェスを見る。

「イーヴィス様のご遺体は、明日にも荼毘に付してしまいます。ジェスは葬儀に来られなかったのですから、今日のうちに、お別れを言いに行ったらどうですか？」

提案を受けて、俺とジェスは金の聖堂に行った。王家の祖先を祀る神聖な建物は、ジェスの生活する奥向から長い階段を下ったところにある。黒い石に金の装飾が施された巨大な聖堂で、まず見逃すことはないだろう。

聖堂には、俺たち二人以外、誰もいなかった。王都民は、通常は入れないようになっているのだという。ジェスは巨大なドーム天井の下で、イーヴィスの棺に向かって手を合わせた。俺も隣で、頭を下げる。

ジェスは随分長いこと、目を閉じて祈っていた。

「行きましょうか」

ジェスは言って、聖堂の正面玄関へ向かって歩き始める。静かな堂内に、ゆっくりとしたジェスの足音と、四足で歩く豚の足音が響く。

「イーヴィス様は、とても不思議な方でしたね」

〈そうだな〉

「あらゆることを、見越していらっしゃったように感じます」

ジェスを見上げる。

〈例えば？〉

「一番は、私の記憶です。どうして封印したのか、イーヴィス様は教えてくださらなかったのですが……私が呪いを受けたとき、死の間際に豚さんが正体を明かそうとして、私がイーヴィス様のくださった鍵をヒントに豚さんが栞の人だと確信して、それで記憶の封印を解こうと足掻いた結果、脱魔法が起きたのだとすれば……私が今こうして生きているのも、イーヴィス様のおかげということになります」

〈確かに、そうだな。実際、そのくらいまで考えていてもおかしくない人だったと思う〉

「それほどのお方が、イェスマという仕組みを容認されていたんですね」

言われて、考える。イーヴィスは決して、想像力を欠いていたわけではない。偉大な力ももっていた。それでも計算づくで、このメステリアにイェスマという種族を存在させ続けてきたのだ。恐ろしいのは、この国の仕組みなのか。それとも、この世界そのものなのか。

――そなたの社会でも同じであろう。人間がおる限り、皺は必ずどこかに寄るのだ

イーヴィスの言葉を思い出す。

〈ジェスは、この国の仕組みについてどう思う〉

訊くと、ジェスは少し俯く。

「このままでは、いけないと思います。でも……」

〈今の仕組みを壊していいかなんて、分からないよな〉

「ええ。もしかすると……答えなんて、ないのかもしれませんね」

〈そうかもしれない。だからこそ、現状を疑って、答えを考え続けるのが大切なんだろうな〉

俺たちは玄関に辿り着いた。ジェスが金属製の重い扉に手をかける。

ジェスは棺を振り返った後、俺の方に視線を落として微笑んだ。

「そうですね。少しでも、いい世界にできるといいですね」

ついでに見せたいものがあると言って、ジェスは聖堂の横に広がる墓地へ俺を案内した。

まだ昼前で、人はいない。爽やかな日差しの降り注ぐなか、寒くなり始めた秋風が地面を撫でている。緑と薄茶色の混ざった芝の広場には、白、黒、灰色の墓石が整然と並ぶ。

「あの、豚さん……変なことを訊いてもいいですか？」

飛び石のようになった通路をゆっくりと歩きながら、ジェスが言った。変なこと？

〈……何だ〉

「えっと……豚さんに最近、超絶可愛くておっぱいの大きすぎない天使のような性格の彼女さんができたというのは……あの話は、本当でしょうか」

そんなことかと思い、ジェスを見る。

〈嘘に決まってるだろ。そんな女性はめったにいないし、いたとしても、眼鏡ヒョロガリクソ童貞とくっつくことなんて万に一つもないだろう〉

「そうですか……」

見ていたのがバレたのか、ジェスは左腕をそっと胸の前に持ってくる。

「あ、こちらです」

ジェスは立ち止まって、真っ白な墓石を指差した。墓碑銘は金文字だった。

イェリスここに眠る
八四～一二四
カーシの妻、そしてイースとジェスの母

「私のお母さんのお墓、見つけたんです」

ちょっとマテ茶。お前——

〈ジェス、イースの妹だったのか〉

「え、イース……あっ！」

そうか、この墓を見つけてから今日まで、イースについての記憶は封印されていたのだ。記憶が結びついていなくてもおかしくはない。

イース。ノットが永遠に憧れ続ける女性。五年前に殺された、どことなくジェスに似ていると評判のイェスマ。これは偶然の一致とは思えない。

〈道理でノットがガチ恋しかけるわけだ。妹だったとはな〉

「……びっくりです」

〈このカーシっていう男は――ジェスの父親は、見つかったのか？〉

「いえ……それが、調べはしたんですが、条件に当てはまる人は見つからなくて……」

〈そうか、残念だな〉

この墓のイースが五年前に殺されたノットの想い人だったかどうかの厳密な裏付けは、できなかったわけだ。同名の別人の可能性もある。しかし。

〈なあジェス、この暦は、王暦ってやつだよな〉

「そうです。メステリアでは、ヴァティス様がこの地を統一された年から続く『王暦』が使われています」

〈今は一二九年だっけか〉

どこで見たとは言わないが。

「はい、そうですが……」

〈ジェスの母さん、イェリスが亡くなったのは一二四年、つまり五年前だ。ノットの想い人のイースが殺されたのも五年前〉

「イースさんが殺された年に、お母さんが亡くなったということですか」

〈そうだ。もちろん偶然の一致である可能性は捨てきれないが……〉

本当だとしたら、えらいことだ。

――短絡的な割に、極端なのだ。バップサスの修道院を丸ごと焼いたような人間だ

シュラヴィスの言葉を思い出す。ジェスは知っているだろうか。修道院を焼いたのが――

「ええ、マーキス様が修道院を焼いたというのは、聞いています」

……………。

〈大丈夫か〉

「何がですか？」

〈だって……これがあのイースなら、お前の姉は、マーキスのせいで死んだんだぞ。そしてその影響で、お前は母親まで失ったかもしれないんだ〉

ジェスは困り顔で笑う。

「でも、私の記憶には、家族のことなんて全くありませんから……今さら私が憤ったりするのも、違うと思います」

〈そういうものか〉

「そういうものです。もちろんノットさんは、マーキス様を絶対に許せないでしょうが……」

シュラヴィスと俺の機転で成立した同盟、不死の魔法使いという共通の強敵――これらの要因がありながらも、王朝と解放軍には致命的な決裂の可能性が潜んでいるのを忘れてはならない。王朝はイェスマという制度を根幹にした魔法使いによる統治を維持するために戦っていて、解放軍はそのイェスマたちを自由にするために戦っているのだ。

そして、解放軍のリーダーであるノットの想い人が死ぬ原因となったのは、現在の王マーキスが修道院を焼いたこと。あっという間にバラバラになってしまう磁石を無理やり押し付けているのが、現在の同盟だ。

〈何かいい方法があるといいな。王朝と解放軍がずっと仲良くやっていけるような仕組みが〉

ジェスは風に髪をなびかせながら、あ、と口を開いた。

「そういえば、マーキス様には、ホーティスさんという弟がいると聞いたことがあります」

〈そうなのか。それが何か、解放軍と関係があるのか〉

「いえ、詳しいことは聞いていないのですが……ホーティスさんはイーヴィス様やマーキス様の方針に反発して、五年前に王都から姿を消したそうです。もしいらっしゃれば、王朝と解放軍を結びつける心強いお方だったかもしれませんね」

五年前だって？　まさか……

「ええ、おそらく修道院の件だと思います」

〈そのホーティスとやらは、見つかる見込みはないのか〉

「もう亡くなっているのか、お姿を変えているのか……ヘックリポンの監視網にもかからず、消息はさっぱり分からないとのことでした」

待てよ。

二つの謎が、奇妙な一致を見せている。

諸君は気付いただろうか。偶然として捨て置くには上手く嵌まりすぎている、ある事実に。

——百年以上前の暗黒時代、魔法使いたちがまだ戦っていた時代には、魔法使いがその力を使って、人をハゲワシに変えてスパイさせたり、太ったアザラシに変えて懲罰を加えたりしたと言われています

人間を動物の姿に変える魔法は存在する。

——五年前、イースさんを奪還しに行く旅の途中で、出会ったそうです。ちょっと、不思議な話ですよね

セレスの言葉を思い出す。五年前、ノットと奇跡的な出会いをしたあいつ。誰よりもノットに寄り添っているあいつ。やたらと賢く、人間くさいあいつ。なぜかシュラヴィスに興味を示したあいつ。

偶然かもしれない。だが、確かめずにはいられない。

〈ジェス、俺たちのやることが決まったぞ〉

「何でしょう?」

興味津々で、俺の前にしゃがみ込むジェス。

そのおパンツを見ながら、俺は謎の自信に包まれていた。

〈ホーティスが見つかるかもしれない。会いに行くんだ——あの変態犬、ロッシに〉

# あとがき（2回目）

お久しぶりです、逆井卓馬です。1巻から五ヶ月。お待たせしましたが、無事2巻も出せる運びとなりました。こうして続けられるのも、ひとえに「豚レバ」を読んでくださり、広めてくださり、応援してくださったみなさんのおかげです。本当にありがとうございます。

あとがきに四ページもいただいてしまったので、最初にちょっとだけ、オススメの本を紹介しようかと思います。かなり偏見で語ります。全部で六冊です。

まずは『声優ラジオのウラオモテ』——二月公先生による激アツお仕事小説です。ギャルと陰キャという反りの合わない二人の女子高生声優が、不運にもコンビでラジオ番組をやることになり、めちゃめちゃ喧嘩しながら声優という仕事に向き合っていきます。もう女の子二人の口論を読んでいるだけでも楽しいのですが、お互い夢や憧れを秘めながら一生懸命声優をやっていこうとする姿には熱くなれるし、本当に元気をもらえます。激推しです。

次に、『今夜、世界からこの恋が消えても』——一条岬先生による感動必至の青春小説です。日ごとに記憶を失ってしまう少女と他人思いな少年が偽りの恋人関係になり……という感じで始まるのですが、普通の恋愛ものではありません。予想を裏切られます。優しく切ないストーリーに、思わず号泣してしまいました。（本当に泣いてしまうので、電車の中などでは読まない方がいいかもしれません。）読了後、今を大切にしようと思える温かい作品。これも激推しです。

三冊目は、『そして、遺骸が嘶く―死者たちの手紙―』――酒場御行先生による切れ味抜群の戦争小説です。主人公は遺品返還兵の若者で、戦死した兵士の遺したものを遺族に渡しに行くのですが、その繰り返しのなかで「人間」と「死」をこれでもかというほどえげつなく深掘りしていきます。映画を観ているかのような読書体験をしながら、悲しさとかエモさとかそういう次元ではない心の揺さぶられ方をする、まさに衝撃作です。なんとこれも激推しです。

四冊目、『こわれたせかいのむこうがわ～少女たちのディストピア生存術～』――陸道烈夏先生によるかわいいディストピア小説です。ラジオの教育番組から生きる術を身につけた孤独な少女と、正体不明のお茶目少女が、ヤバめな世界からの脱出を試みます。主人公の女の子たちはとてもかわいらしいのですが、世界観がとにかく重厚。（かなりおこがましいですが）豚レバとの共通点も多いように感じ、熱いメッセージが心に響きました。すっごく激推しです。

五冊目、『少女願うに、この世界は壊すべき～桃源郷崩落～』――小林湖底先生による設定モリモリバトル小説です。ここには概略すら書き切れないほど特殊で独特な世界観なのですが、個人的に好きなのは主人公。清々しいほどの変態なんです。（そしてなぜかたまに全裸。）そこにツンデレ狐耳ヒロインが出てくるのだから、何も起こらないわけがない。バトルはカッコいいしコメディは面白い、とても楽しい作品でした。超絶激推しです。

そして最後に、『オーバーライト――ブリストルのゴースト』――池田明季哉先生による情熱溢れる謎解き小説です。アートとしてのグラフィティ（いわゆる壁の落書き）を題材にしたお話で、舞台はイギリス。人生を芸術に賭けるキャラクターたちが本当に魅力的です。特にヒロイン。ヤバいかわいい。そのヒロインと切っても切れない「上書き」という主題がまた素敵なんですね。グラフィティを解読する謎解きもテンポがよくて面白い。全力で激推しです。

これら六冊は、豚レバと同じく第26回電撃小説大賞の受賞作です。このラインナップに豚が主人公のイチャラブファンタジーが加わるのだから、すごい多様性だと思います。ぜひ今後とも、電撃小説大賞受賞作や受賞作家をよろしくお願いします。（何者……？）

ちなみに、あとがきにこのオススメ作品リストを載せた理由はもう一つあります。細かいことが気になる人は気付いたかもしれません。

本の紹介に、思ったよりも紙幅を割いてしまいました。最後になりますが、ここからはもう少しあとがきらしいお話をしたいと思います。

豚レバ1巻が出たあたりから、世界は大きく動いてきました。生死に関わる大きな混乱のなか、色々な人が色々なことを主張し、国レベルの対立も起こっています。それだけでも大変なのに、日ごろから潜む悪意や相変わらずの自然災害は手を休める気配がありません。

いつかの繰り返しになりますが、そんな時代に私たちひとりひとりができることは限られています。大きな流れを変えることは、決して簡単ではありません。でも、できることが全くないかというと、そういうわけでもないと思っています。

もちろん、豚レバは「そういうときに何ができるか」を伝えようとしている小説ではありません。あくまでちょっとえっちなイチャラブファンタジーです。しかし、何の特殊能力もない豚さんが剣と魔法の世界で活躍する姿を描いているときに、これは自分の人生と無関係ではないぞ、と思う瞬間が何度もありました。私自身も現実世界ではよわよわだからです。

「人間は考える豚である」というパスカルの有名な言葉があります。（ありません。）

私たち人間は、考え続けることでその真価を発揮できるのだと思います。考え続けて、想像することをやめずにいるからこそ、異世界で美少女とイチャラブしたりもできるわけです。

さて、えっちなことをひたすら考え続ける豚さんは、この後どうなっていくのでしょうか。

波乱と不穏に満ちた彼らの物語に、もうしばらくお付き合いいただけますと幸いです。

二〇二〇年七月　逆井卓馬

## 本書に対するご意見、ご感想をお寄せください。

ファンレターあて先
〒102-8177　東京都千代田区富士見2-13-3
電撃文庫編集部
「逆井卓馬先生」係
「遠坂あさぎ先生」係



本書は書き下ろしです。

電撃文庫

# 豚(ぶた)のレバーは加熱(かねつ)しろ（2回目(かいめ)）

逆井卓馬(さかいたくま)

◆◇◇

2020年8月7日　初版発行
2023年9月15日　5版発行

発行者　山下直久
発行　株式会社KADOKAWA
〒102-8177　東京都千代田区富士見2-13-3
0570-002-301（ナビダイヤル）
装丁者　荻窪裕司（META＋MANIERA）
印刷　株式会社 KADOKAWA
製本　株式会社 KADOKAWA



●お問い合わせ
https://www.kadokawa.co.jp/（「お問い合わせ」へお進みください）
※内容によっては、お答えできない場合があります。
※サポートは日本国内のみとさせていただきます。
※ Japanese text only

※定価はカバーに表示してあります。


ISBN978-4-04-913217-5　C0193　Printed in Japan

電撃文庫　https://dengekibunko.jp/

# 電撃文庫創刊に際して

文庫は、我が国にとどまらず、世界の書籍の流れのなかで〝小さな巨人〟としての地位を築いてきた。古今東西の名著を、廉価で手に入りやすい形で提供してきたからこそ、人は文庫を自分の師として、また青春の想い出として、語りついできたのである。

その源を、文化的にはドイツのレクラム文庫に求めるにせよ、規模の上でイギリスのペンギンブックスに求めるにせよ、いま文庫は知識人の層の多様化に従って、ますますその意義を大きくしていると言ってよい。

文庫出版の意味するものは、激動の現代のみならず将来にわたって、大きくなることはあっても、小さくなることはないだろう。

「電撃文庫」は、そのように多様化した対象に応え、歴史に耐えうる作品を収録するのはもちろん、新しい世紀を迎えるにあたって、既成の枠をこえる新鮮で強烈なアイ・オープナーたりたい。

その特異さ故に、この存在は、かつて文庫がはじめて出版世界に登場したときと、同じ戸惑いを読書人に与えるかもしれない。

しかし、〈Changing Times,Changing Publishing〉時代は変わって、出版も変わる。時を重ねるなかで、精神の糧として、心の一隅を占めるものとして、次なる文化の担い手の若者たちに確かな評価を得られると信じて、ここに「電撃文庫」を出版する。

**1993年6月10日**
**角川歴彦**